착한 교류가
그립다

착한 교류가 그립다

발행일	2016년 3월 4일		
지은이	정 성 진		
펴낸이	손 형 국		
펴낸곳	(주)북랩		
편집인	선일영	편집	김향인, 서대종, 권유선, 김성신
디자인	이현수, 신혜림, 윤미리내, 임혜수	제작	박기성, 황동현, 구성우
마케팅	김회란, 박진관, 김아름		
출판등록	2004. 12. 1(제2012-000051호)		
주소	서울시 금천구 가산디지털 1로 168, 우림라이온스밸리 B동 B113, 114호		
홈페이지	www.book.co.kr		
전화번호	(02)2026-5777	팩스	(02)2026-5747
ISBN	979-11-5585-960-5 03810(종이책)		979-11-5585-961-2 05810(전자책)

이 도서의 국립중앙도서관 출판예정도서목록(CIP)은 서지정보유통지원시스템 홈페이지(http://seoji.nl.go.kr)와
국가자료공동목록시스템(http://www.nl.go.kr/kolisnet)에서 이용하실 수 있습니다.
(CIP제어번호 : CIP2016004306)

성공한 사람들은 예외없이 기개가 남다르다고 합니다.
어려움에도 꺾이지 않았던 당신의 의기를 책에 담아보지 않으시렵니까?
책으로 펴내고 싶은 원고를 메일(book@book.co.kr)로 보내주세요.
성공출판의 파트너 북랩이 함께하겠습니다.

한 법조경력자가 늘 아쉬운 느낌으로
바라보았던 이웃과 사회를 향한 담백한 시선

착한 교류가 그립다

정성진 수상집

북랩 book Lab

■

책 머리에

　공직과 대학에서 37년을 보내면서 내가 항상 아쉬움을 느꼈던 것은 직무상의 책임과 의무 때문에 결국 소홀히 할 수밖에 없었던 직무 외의 일이나 사람에 대한 배려와 관심이라고 할 수가 있다. 가족과 친지들에 대한 상대적 무관심이 그 대표적인 예이고 직무상 동료나 선후배 또는 다른 분야 전문가들과의 교류도 얼마만큼은 자제가 불가피한 편이었다. 그리고 이런 느낌은 마치 무슨 빚과도 같이 오랫동안 내 가슴에 남아 언젠가는 그 일부라도 갚아야겠다는 생각을 하게 되었다.

　이 수상집은 그런 생각에서 내가 불혹不惑의 나이 무렵에 신문에 게재하였던 '아버지의 일기'로부터 시작하여 종심從心을 넘어선 최근 수년 사이에 여러 매체에 발표하였던 사회와 국가행정에 관한 온유하나마 다소 비판적 성격을 띤 칼럼까지 포함하게 된 것이다.

　'미소'라고 나름대로 이름을 붙인 제 1부에서는 가족들과 관련하여 내 가슴에 남았던 정조情調와 떠난 친구에 대한 추모, 또는 담연淡然하

4

고 선비다운 생활자세 그리고 사회에 대한 비판의 글 가운데서도 인간미와 관료로서의 기품氣稟을 강조한 글들을 모아 수록하였다.

　제 2부의 글들은 '눈길'이라고 소제목으로 표기하였는데, 내가 30대 초반에서 50대에 이르기까지 공직에 있으면서 상대적으로 여린 눈길로 바라보았던 당시 세태에 대한 한 법률가로서의 경험과 느낌을 주로 피력한 것이다. 비판보다는 감상적 술회를 포함한 가벼운 사회적 제의가 주 내용이라고 할 수 있다.

　'응시凝視'라고 이름을 붙인 제 3부의 글들은 대개 최근 몇 년 사이 언론사 등으로부터 칼럼집필을 의뢰받고 법치주의와 반부패, 국가운영과 공직풍토, 국민의 관심사와 인권보호 등에 관한 나름대로의 관찰결과와 비판 또는 시민적 감각에서의 우려를 표백表白한 것이다.

　그리고 글의 수록순서는 그 성격에 따른 위와 같은 분류 외에 대개 집필 또는 각종 인쇄매체에 게재되었던 연도와 일자 순에 따랐음도

5

밝힌다.

관료제의 장점으로 흔히 객관성과 정확성, 일관성 등을 들고 있지만, 내가 공직과 대학에서 경험한 바로는 특히 그 형식주의와 동조과잉(overconformity) 그리고 구성원의 인간적 요소를 무시할 우려 또한 대단히 큰 것이다. 공직의 굴레에서 벗어난 지금 이 책의 제목처럼 '착한 교류가 그립다'고 감히 말할 수 있는 것도 나의 그러한 경험과 전혀 무관하지가 않다고 믿는다. 물론 이 경우 교류의 의미가 세속적인 교제나 거래와 같은 의미가 될 여지는 전혀 없을 것이다.

그러나 솔직히 걱정되는 점도 전혀 없지가 않다. 헤밍웨이가 "나이를 먹었다고 해서 현명해지는 것이 아니고 다만 조심성이 많아질 뿐"이라고 했다던가, 그런 의미의 조심스러운 생각이 새삼 머리를 들기 때문이다. 결국 나는 이 책을 읽는 분들에게도 또 다른 마음의 빚을

지게 되는 셈이다.

　개인적으로 올해는 내가 결혼한 지 꼭 50주년이 되는 해이다. 예쁠 것도 없고 잘난 것도 없는 내 아내는 내가 가정에서 지나치게 합리성을 강조할 때 "당신은 집에서도 검사예요?"라며　핀잔을 주고, 내가 예기치 않게 대학의 총장으로 취임하였을 때는 꼭 100일 동안 새벽 일찍 혼자 나가 못난 지아비가 행여 실수하지 않도록 기도를 해준 사람이다. 부족한 사람을 위해 평생을 헌신해 준 나의 반려 서신덕徐愼德에게 삼가 이 책을 바친다.

2016년 3월

청눌재清訥齋에서

鄭 城 鎭

제2부 눈길

제3부 응시凝視

제1부

미소

아버지 일기
: 근무지 떨어져 이산가족 1년에

근무지 관계로 1년 남짓 동안 가족들과 떨어져 생활한 일이 있다. 자리를 자주 비울 수가 없으므로 대개 3주에 한 번쯤 토요일 오후에 올라왔다가 일요일 저녁 차로 내려가는, 일종의 이산가족 같은 생활이었다. 불편하였지만 자족하면서 그렇게 오르락내리락하던 중 하루는 같은 처지의 동료 한 사람과 그러한 '가족들과의 아쉬운 하루'에 관하여 이야기를 나누게 되었는데 나는 그 친구와 대화 중에 당시로서는 사뭇 놀라운 사실 하나를 발견하였다.

내 경우에는 그러한 주말 상봉의 주된 프로그램이 아무래도 아내 쪽에 있었고 그래서 대개 외톨 주부로서의 노고를 위로하면서 함께 어머님을 방문하거나 차를 마시면서 밀렸던 이야기를 나누는 것이 주 내용이었음에 반하여, 나와 같은 나이의 그 친구는 오히려 아이들이 보고 싶어서 집에 가며, 따라서 주말 프로그램도 미인인 부인을 제쳐놓고 주로 아이들과 노는 것으로 보낸다는 것이었다.

/ 착한 교류가 그립다

뿐만 아니라 아이들도 그 아버지가 도착하면 환성을 지르며 매달리고 올라타는가 하면 심지어 그 집 막내는 아예 아버지의 임지로 이사를 가자고 엄마를 졸라 댄다는 것이었다. 우리 아이들이 그저 덤덤히 '아버지 오셨어요.' 정도로 나를 맞고, 갈 때쯤이면 '안녕히 다녀오세요.' 하는 것과는 사뭇 양상이 달랐다. 아내가 지나치게 자상하여 아이들의 정을 독점해버린 것 같기도 하고 애들의 성격 자체가 워낙 무뚝뚝한 편에 속한 듯도 했지만, 가만히 생각해 보니 분명한 것은 아이들이 아버지가 상시 집에 없음으로써 그다지 불편을 느끼지 않고 있다는 사실이었다. 함께 있어도 좋지만 없어도 크게 아쉬움이 없는 아버지, 그렇다. 어느새 나는 아이들에게 그러한 아버지로 되어 있었던 것이다.

생각해 보면 아이들을 별로 안아주지 않았고 어려운 집합문제를 풀어준 적도 없으며, 아이들이 신나 하는 컴퓨터 게임이나 우주선 따위의 화제에 가담하지도 않고 마이클 잭슨 류의 음악이 나오면 무조건 끄게 하는 그러한 아버지였던 것이다.

유태의 아버지들처럼 엄격하지도 못하면서 언제나 교과서에 나오는 것 같은 말만을 하고, 잘못을 지적하는 데는 날카로우며 의무와 권리 관념이 보통 이상으로 강한 아버지에게 그들은 거리를 느끼고 있음이 분명하였다. 아아, 실상 나는 큰 아이와 둘째 아이가 태어날 때 장모님에게만 맡겨 놓고 병원에도 때맞춰 가보지 못한 이력의 소유자가 아닌가. 생일이 되면 교훈적인 말들이 적힌 카드를 주고 이따금 여행이나 외식을 시켜주는 것으로 나는 평균적인 아버지들보다 아이들에게 더 잘하는 것으로 착각을 하고 있었던 것이다. 왜 나는 아이들에게 단순히 '잘 해주는 것'이 문제가 아니라 얼마나 진심으로 사랑하고

관심을 갖느냐가 더 문제인 것을 마흔도 훨씬 넘은 이제야 깨달은 것
일까.

한국일보, 1985.6.26.

아이들과 냉전 후
어색함 못 참아

나는 때때로 아이들과 냉전을 한다. 막내보다는 둘째와, 둘째보다는 큰놈과 빈도가 잦고 한번 시작하면 긴장도도 높은 편에 속한다.

대개 아이들의 태도나 생활 자세에 관하여 야단을 쳤을 때 아이들이 금방 이를 승복치 않거나, 승복을 하더라도 일종의 후유증 같은 것이 남아 몇 시간, 또는 길게는 며칠씩 서로 냉랭한 상태로 지내게 되는 것이다.

가급적 예방을 위해 노력하지만, 가끔 교육상으로도 이런 계기가 필요하다고 생각하여 나는 이 칼로 물 베기 같은 싸움을 굳이 피하려 하지는 않는다.

예컨대 아이들이 하찮은 일에 턱없이 시간을 낭비하는 것을 보았을 때, 문제 해결을 너무나 안이한 방법으로 시도하는 모습을 발견하거나 이들이 매사에 투지 없이 쉽게 포기하는 자세를 보일 때, 나는 당연히 참지 못하고 분통을 터뜨리게 되는데 문제는 대부분 나의 그 야단 방법에서 비롯된다고 생각된다.

내 딴엔 감정을 억제하는데도 아이들은 나의 이를테면 '그따위 짓', '무식한 아이', '바보 같은 노릇' 등의 대수롭지 않은 표현에 몹시 기분을 상해하고 그런 나머지 때때로는 '아빠 기준으로 보지 마세요', '그렇게 무시하지 말아요', '내 문제예요'라고 하면서 역시 나의 기분을 상하게 하는 의외의 항변을 해오기도 하는 것이다.

'우리가 클 때는 그렇지 않았는데' 하는 진부한 생각은 내 스스로도 이미 고집하지를 않고 있다. 그런데도 아이들은 때때로 방문을 잠그고 안 나와버리거나 식탁에서 아빠와 마주치기를 거부한다.

'당신이 평소 아이들을 과보호하였기 때문이야', '당신이 그동안 아이들 문제나 집안일에 너무 무심하였기 때문에 아이들이 반발하는 거예요'

이럴 경우 우리 부부 사이에는 대개 이런 말들이 오가지만 결국 아이 엄마는 아이의 마음에 상처를 받으면 어떡하느냐, 내일모레가 시험인데 한창나이에 밥을 굶으면 어쩌느냐라는 따위의 감언이설(?)로 나의 양보를 촉구하게 마련이고, 십중팔구는 내 스스로도 느끼는 바가 있어 적당한 명분을 붙여 우리의 이유 있는 냉전을 해제하고 마는 것이다.

때때로 나의 이러한 유약한 태도가 교육상 비효율적이라고 자성되는 점도 없지 않지만, 평소 내가 아이들과 보내는 시간이 적은 것은 사실이고, 무엇보다 나는 아이들을 교육적 논리의 대상으로만 생각할 수가 없기 때문에 그만 마음이 약해지게 되는 것이다. 근간에는 특히 아이들의 착한 모습이 눈에 많이 띄고 내가 후퇴하는 경우가 부쩍 늘

/ 착한 교류가 그립다

어났다. 나이가 들면서 매사에 포기가 많아진 탓일까? 나는 아무래도 엄부嚴父로서는 결격인가 보다.

한국일보, 1985.7.

어리광이 막내딸의
초조初潮

"끝났다면서? 축하해."

"응, 아이 몰라."

얼굴이 빨개진 딸애를 모처럼 안아주면서 그날 아침 우리는 모두가 유쾌하였다.

요즘 여자애들은 성장이 빨라 초등학교 5, 6학년만 되어도 대부분 초조初潮를 겪는다는데, 딸애는 중학교에 들어가 한참이 되어서도 아직 아무런 소식이 없던 터였다.

무심한 것 같이 있었지만 제 딴엔 은근히 궁금하였을 것이고 제 엄마도 꽤 관심 있게 지켜보고 있는 중인 듯하였다.

그런데 전날 저녁 아내가 살짝 귀띔해주면서 아이가 부끄러워할 것 같으니 제발 나는 모른 체하라는 것이었다.

우리 집 막내이자 하나밖에 없는 어리광이 딸. 그 딸애가 이제 오송보송한 어리광이에서 벗어나 숙녀로 자라가는 경이로운 순간을 맞이

한 참인데 아빠가 모른 체 하라니.

그래서 딱 만 하루 동안 입을 다물고 있다가 햇빛 환한 일요일 아침 식탁에서 아빠가 그렇게 축하를 했고, 딸애도 예상했던 것보다는 아빠를 덜 무안하게 하면서 이를 받아들인 것이다.

딸애는 나의 지방 임지에서 제 엄마를 꽤나 고생시키면서 태어났다. 누구처럼 1, 2등만 하는 아이도 아니고 특별히 애교나 재치가 넘치는 것도 아니다. 언제나 엄마 편이고 내게는 오히려 톡톡 쏘면서 달아나는 편이다.

책상 정리 같은 것을 잘 할 줄 모르고 늦잠이 많아 때때로 볼기도 맞는다. 친구들의 전화가 많고 책보다는 텔레비전을 좋아하고.

서영이처럼 예쁘지도, 다혜처럼 특징이 있는 것도 아니지만, 딸애는 때때로 나를 감동시킨다. 어릴 때 '타인'과 '본인'이란 말을 잘못 이해하여 '타인이 괜찮다고 하는데 본인이 왜 야단이야.'라고 하던 아이가 어느새 커서 지난 5월에는 이제 '어린이'가 아닌 '소녀'이니 어린이날 선물은 필요 없다고 선언하고 나서기까지 했다.

주위에서는 쌍꺼풀 안 진 눈이나 까무잡잡한 듯한 모습이 영락없이 아빠를 닮았다고들 하지만 내가 이 아이를 짝사랑 비슷이 좋아하는 것은 꼭 그 탓만은 아니다.

이따금 가만히 앉아있는 모습, 무언가에 홀린 듯 정감에 찬 피아노곡을 칠 때 나는 이 아이에게서 속일 수 없는 부녀간의 동질성을 발견하곤 한다. 그리하여 딸애가 크면 나는 이 아이와 온갖 이야기를 나누고 예쁜 옷을 사줄 것이며, 함께 연극 구경도 가고 커피를 마시려도 다닐 것이다.

'사랑하는 나의 딸아. 다소곳하면서도 의지가 강하고, 항상 미소를 잃지 않으면서 지성적인 노력을 게을리하지 않는 아름다운 여성이 되거라.'

한국일보, 1985.7.

/ 착한 교류가 그립다

온 가족 문화행사 붐,
가장의 지도력이 문제

지난주에는 둘째 놈이 영화 '아마데우스'를 보고 왔다면서 늦은 것을 시발로 우연히도 온 가족이 저마다 문화적 출분出奔이랄까, 권리 실현을 하고 나왔다.

무슨 바람이 불었는지 아이 엄마가 모처럼 이웃 친구들과 연극을 보러 나왔는데 저녁에 같이 들어갈 수 있겠느냐고 전화를 해오고, 큰 놈도 무슨 행사를 준비한답시고 레코드판을 들고 나서는가 하면 급기야는 중1의 막내까지도 시험이 끝났다면서 놀랍게도 왕년의 명화 '바람과 함께 사라지다'를 보고 왔단다.

사실 내가 다소 고담한 문화적 분위기를 좋아한 탓으로 그동안 각종 공연이나 감상에 관하여는 솔선하여 가족들에게 참여를 권장해온 터였다.

그러나 몇 해 전만 하더라도 내가 열을 내는 데 비해 가족들의 호응도는 그리 높은 편이 아니어서 아이들은 때로 시민회관의 앞좌석에 앉아 졸기도 하였고 남사당패의 야외공연이 지루하다면서 빨리 가자고 조르기도 했었다.

불필요하리만큼 집안일에 애착이 많은 집사람도 실은 감상 자체보다도 모처럼 나를 따라 나와 외식이라도 한 번 하는 분위기를 더 즐기는 눈치였다. 그런데도 나는 가장으로서의 우선권을 주장하여 토요일 같은 날 억지로 가족들을 동숭동이나 비원 근처로 끌고 다녔고, 영 시간이 맞지 않으면 친구들과 또는 혼자서라도 다녀오곤 했던 것이다.

가족들끼리는 결국 닮게 되는 것일까. 근래에 와서는 아이들의 취향에 서서히 변화가 보이기 시작하였다. 평소 '프로그레시브 팝'이 좋다고 하던 놈을 한 번 사물놀이패의 공연장에 데리고 갔더니 다음에 슬며시 김덕수 패의 디스크를 구해와 듣고 있는 것을 볼 수 있었고, 컴퓨터나 각종 공구 따위에 주로 관심을 갖던 큰놈의 방에서도 근간에는 클래식 음악 소리가 자주 들려 나온다. 처음에 가사를 이유로 내키지 않아 하던 집사람도 특정 분야에 관하여는 이제 슬슬 나를 가르치려고 하고 있다.

상황이 이렇게 되고 보니 이제야말로 가장으로서의 지도력이 문제가 안 될 수 없다. 가사에 찌든 아내에게야 신선한 문화적 충격이 많을수록 좋겠지만 이제 막 분출을 시작한 아이들의 문화적 욕구를 무절제하게 방치할 수만은 없다는 책임감이 갑자기 무섭게 느껴지는 것이다.

그리하여 지난주의 결산은 이렇게 했다. 오후 시간을 이용하여 자기 계발에 힘쓴 아이 엄마에게는 귀가 차편의 서비스 제공. '아마데우

/ 착한 교류가 그립다

스'를 보고 온 놈은 묵인. 일일 다방을 도운다고 종일 디스크를 끼고 나갔다 온 놈은 눈물이 나도록 훈계. '바람과 함께 사라지다'를 보고 온 중학생에게는 앞으로 엄격한 사전신고여행과 함께 원고지 5장의 감상문을 쓰게 하는 체벌(이 아이는 글쓰기를 매우 싫어하므로).

아아, 아버지 노릇도 꽤나 힘드는구나.

한국일보, 1985.7.

■
■

내 사랑하는
아들과 딸에게

이처럼 아름다운 5월에 너희들에게 편지를 쓰자니 애비로서 미안하다는 말이 왜 제일 먼저 나오는지 참으로 민망한 생각이 드는구나.

돌이켜 보면 나는 너희들이 아버지와 함께 놀기를 원했을 때 같이 놀아주지를 못하였고, 잘못을 지적함에는 날카로웠으나 칭찬에는 인색한 편이어서 너희들을 섭섭하게 만들었다. 대학입시나 이성 문제로 너희들이 고민하는 모습을 보일 때도 이 애비는 늘 교과서 같은 말만 했던 것이 이제 와서 생각하니 후회가 되는구나. 생일 같은 때 카드 한 장 써준 정도로 내가 평균적인 아버지의 도리를 다한 것으로 믿은 것도 이제 보니 큰 착각이었던 것 같아.

그러나 나의 사랑하는 아들과 딸아. 너희들이 장성하여 아이 아버지가 되고, 지아비가 되고, 또 남편과 시부모를 모시는 아낙이 된 모습을 보면서 이 애비는 참으로 대견하고 자랑스러운 느낌을 가지게 된다. 아버지가 바깥의 맡은 일에 전념한다는 이유로 그처럼 너희들

26

에게 무관심하였음에도 불구하고 너희들은 저대로 자라 하고 싶은 일을 선택하고 결혼 상대자까지 각자 찾아 이 애비에게 축복해 줄 것을 청해오지 않았었니? 너희들의 진로에 관하여 애비의 속절없는 욕심이 비춰졌을 때 너희 누군가가 "아버지 인생과 저의 인생은 다르지 않습니까." 하고 용감하게 항변하던 말이 지금도 생각나는구나. 무심한 아버지였지만 그 탓에 너희들의 독립 자존성은 오히려 강해졌다고 생각해 볼 수나 있을까.

사랑하는 꺽다리와 뚱뚱이 두 아들, 그리고 깜찍이 막내딸아, 이제 성인이 되어 가정과 사회에서 각기 제 몫을 하고 있는 너희들을 보면서 애비는 언제나 그랬던 것처럼 그저 교훈적일 수밖에 없는 당부를 거듭하게 된다. 무엇보다 너희들은 세상을 살아가면서 참으로 중요한 것이 무엇이며 그렇지 않은 것이 무엇인지를 잘 구별해 주기 바라. 요컨대 원칙이 중요하다는 거지. 너희들이 어떤 지위에 오르거나 돈을 얼마나 번다든가 하는 문제는 특별히 중요한 일이 아님을 너희들도 잘 알 거야.

그러나 또한 너희들은 어떤 경우에도 성취를 위한 노력 자체를 게을리해서는 안 된다는 사실을 아버지는 특히 강조하고 싶어. 대체로 요즈음의 젊은이들은 쉽고 단 것만을 너무 좋아하는 것이 아닐까 하는 걱정을 아버지 세대는 공통적으로 하고 있지. 그나마 너희들이 큰집의 제사 때마다 며느리들을 일하러 보낸다거나, 맡은 일을 할 때는 우리보다도 밤새하는 것을 겁내지 않는 모습을 보면서 얼마간의 안도는 하고 있다만.

마지막으로 아주 조그만 부탁을 하나 할까 싶어. 너희 엄마에게 전화 좀 자주 해.

가뜩이나 외로움을 잘 타고 아버지의 뒷바라지 하느라 온통 자신을 희생시켜 온 너의 에미에게 무슨 큰 낙이 있겠니? 사람의 정은 가고 오는 것이야. 너희들은 아마 "제발 아버지나 좀 잘하세요."라고 말할지도 몰라. 그러나 나도 요즈음은 변했어. 엄마에게 물어봐. 그래, 부탁이야.

한국일보, 2001.5.17.

/ 착한 교류가 그립다

어떤 발견

오늘 아침 나는 평상시에 없던 특이한 느낌을 경험하였다. 그것은 대수로울 수도 없는 매우 평범한 모습의 하나였으므로 따지고 보면 '특이'한 느낌을 가질만한 무슨 대단한 사유라고도 볼 수도 없었다.

평소와 같이 일찍 잠자리에 든 나는 5시 가까울 무렵에 일어났고, 나보다 늦게 잠자리에 든 아내는 이미 4시도 되기 전에 일어나 거실에 나와 있었다. 아내는 어느새 옷도 단정히 갈아입었고 여느 때처럼 내가 마실 냉수도 이미 유리컵에 담겨져 있었다.

늘 하던 대로 "잘 잤어?" 하며 어제부터 감기 기운이 있어 보이던 아내의 어깨를 감싸 안고 이마도 가볍게 한 번 짚어 보았다. 거의 의례적이랄 정도로 오늘 하루 우리의 일상은 그렇게 또 시작되고 있었다.

한 시간가량 배달된 조간신문을 모두 보고 나니 6시 반쯤이나 되었을까, 평소 같으면 소파에 기대고 앉아 텔레비전을 보거나 주방에서 조반 준비를 하고 있을 아내가 얼른 눈에 띄지 않았다. 혹시나 하며 별다른 생각도 없이 우리가 함께 쓰는 안방 문을 열었더니, 아내는 의외에도 방바닥에 옷을 그대로 입은 채 양 다리를 쪼그리고 옆으로 누워 있는 것이다.

사실 아내는 늘 나보다 잠을 적게 자는 편이므로 아직도 이른 아침 시간인 점까지 고려한다면 얼마든지 그렇게 누워있을 만한 자격이 있었다. 아니, 넘쳤다. 실상은 내가 거의 아침마다 무슨 인사이기라도 한 것처럼 "왜 좀 더 자지?"라고 말하며 아내의 잠 짧음을 무시로 격정해오던 터이기도 하였다. 물론 아내는 한 번도 나의 그런 말을 귀담아듣는 것 같지가 않았고 그 말을 따라 자리에 다시 눕는 법도 없었다. 그런데 바로 오늘, 아내가 무언가 지친 듯한 모습으로 내가 보는 앞에 팔베개를 하고 모로 누워 있는 것이다.

'아!' 내가 순간적으로 느낀 기분은 그런 것이다. 무엇보다 내 눈을 끈 것은 쪼그리고 있는 그녀의 두 다리였다. 결코, 못 생기거나 특별히 마른 것도 아닌 아내의 다리가 갑자기 내 눈시울을 시큼하게 만든 것은 도대체 무엇 때문이란 말인가. 꼬부리고 있는 그녀의 힘없어 보이는 두 다리는 내게 무엇을 말해주고 있는가.

잠시 머릿속에 안개가 끼는 듯한 느낌이었다. 일종의 부끄러움이랄까 당혹스러움 또는 후회나 반성에 가까운 감정이 내 가슴 속을 스치고 지나갔다. 천정에서 누군가가 '너는 무슨 자격으로 이 여리고 착한 여인을 저렇게 피곤하게 보이도록 만들었느냐?'고 준열하게 꾸짖는 듯도 하였다.

거의 처음이라고 할 정도로 아침에 아내가 다시 누운 모습을 본 나는 "그래, 더 좀 쉬어 두는 게 좋을 거야."라고 말하며 얼른 문을 닫고 나왔고, 잠시 후 우리의 하루는 보통 때와 특별히 달라진 것 없이 그 대로 진행되었지만 내 머릿속의 안개는 생각보다 쉽게 걷히지 않았다. 오히려 슬픔과 황망함이 뒤섞인 착잡한 느낌이 종일 나를 짓눌렀다고 함이 정확한 표현일 것이다.

확실히 아내의 몸을 아끼지 않는 헌신에 나는 그동안 너무나 익숙해 있었다. 내가 무엇이란 말인가. 내가 그녀를 위해서 해준 것이 도대체 무엇인가. 결혼기념일이나 생일 전날 써준 카드 한 장? 어쩌다 한 번씩 가는 영화구경? 시답잖은 외식? 그런 것들이 어떻게 그렇게 고단하고 외로워 보이는 아내의 다리를, 지친 모습의 얼굴을 위로해 줄 수 있단 말인가.

오늘 하루가 또 덧없이 지나가고 있다. 잃을 것이 없다고 생각하면 인생은 별로 힘들지가 않다고 헤밍웨이가 어느 소설에서 썼던가. 그러나 아내가 힘들게 느끼면 그것은 나로서는 인생의 가장 중요한 부분을 잃고 마는 것이 된다. 나 스스로는 이미 잃을 것이 없는 위치에 와 있고, 이제 아내는 나의 나머지 거의 모든 것이 되어 있기 때문이다. 나의 나머지 모든 것을 위하여 이제 내가 조금은 더 헌신적이 되어야 할 차례인 듯하다.

2008.12.15.

문자 메시지

　개인차가 있겠지만, 우리 나이의 사람들은 대체로 이메일이나 휴대폰의 문자 메시지보다는 재래식 편지나 전화 목소리에 더 익숙하다. 특히 휴대폰을 이용한 문자 메시지는 그 획기적 간편성에도 불구하고, 오히려 그 이유 때문에 가벼운 사실 전달이나 약속의 확인을 위하여 활용되는 경우가 대부분이다. 내 경우에도 주로 친구들과의 바둑이나 골프 약속 같은 것을 할 때는 문자 메시지가 그 나름대로 꽤나 편리하다는 생각을 해온 정도이다.

　그런데 나의 그런 생각을 이제는 바꾸어야 할 것이 아닌가 하는 느낌을 주는, 평범하나마 다소 특이한 사실을 근간에 나는 경험하였다. 따지고 보면 세대 차이라고도 할 수가 있고 시속時俗의 변화라고도 볼 수 있는, 약간은 서글프게도 생각할 수 있는 사건의 전말은 이러하다.

　지난 5월 초 며칠의 연휴가 긴 주말을 이용하여 우리 가족은 동남아의 어떤 섬으로 여행을 다녀왔다. 아들 둘과 며느리 둘, 그리고 딸과 사위에 손자, 손녀를 합하니 일행이 모두 12명. 사실은 오랫동안 벼르던 평생 처음의 가족 해외여행이긴 했지만, 비용을 아끼기 위해 3박 5일의 밤 비행기 편을 이용한데다가 따로 떨어져 사는 네 소가족이 모였으니 저네들이야 일종의 효도라고 생각했을지 모르나, 명색이 가족의 장長 격인 우리 부부로서는 적잖이 신경이 쓰이는 여행이 될 수밖에 없었다.

아이들이 부부 사이에, 손자·손녀를 가르침에 있어서, 또 이른바 국제화 시대의 교양인으로서의 몸가짐에 더 배려하거나 노력해야 할 점이 없는가를 가까이서 살펴보고 싶은 생각도 있었다. 이를테면 70평생에 처음 가진 이번 여행을 나로서는 혈족의 정체성正體性을 확인하고 나름대로 화합과 교육의 기회로 삼고 싶었던 것이 솔직히 욕심이기도 하였다.

오랫동안 관료로 굳은 체질 때문일까, 약간은 실망하고 약간은 희망의 불씨를 가지면서 서울로 돌아온 다음 날 나는 아이들에게 내가 여행 중에 느낀 솔직한 생각을 완곡하게라도 전하고 싶었지만, 문제는 그 방법이었다.

편지는 진부하고, 이메일은 뭔가 혼이 담기지 않은 것 같고, 모아놓고 일장 훈시를 하는 것도 반드시 효과적이지는 않을 것 같고. 결국, 애비로서의 관유함도 보일 겸 가족 간 대화의 문을 미래지향적으로 열어두기 위한 일종의 절충책으로 내가 시험 삼아 선택한 것이 바로 휴대폰을 이용한 문자메시지 방식이었다.

'피곤하지 않니? 이번에 수고 많았다.'(며느리들에게)

'피곤하지? 여행에 수고 많았고 덕분에 즐거웠다.'(아들들에게)

'좀 쉬었니? 덕분에 즐거웠다. 잘해!'(딸에게)

'피곤하지? 덕분에 즐거웠네.'(사위에게)

편지나 전화였다면 틀림없이 그냥 미뤄두었을 가능성이 많은 아이들인데, 어라! 내가 예상했던 대로 한 놈도 빠짐없이 모두가 즉각 회신을 보내왔다. 보내온 순서 또한 우리 내외에게는 무언가를 가르쳐주는 것 같기도 하였다.

'아빠 엄마 덕에 저희가 호강했죠~ 감사해요, 늘. 잘할게요.'(딸)

'아버지가 고생하셨지요, 뭘. 덕분에 잘 다녀왔습니다.'(장남)

'감사합니다. 멀리 안 가더라도 가끔 이런 기회 가지시지요. 저도 즐거웠습니다. (차남)

'저랑 애들은 괜찮아요~ 힘드셨죠? 맘 편히 즐겁게 못 해 드려 죄송해요~'(큰며느리)

'별말씀을요. 좋은 여행시켜주셔서 감사합니다~'(둘째 며느리)

'간만에 외국에서 쉬다 오니 더 활력도 생기고 좋습니다. 좋은 기회주셔서 감사합니다.'(사위)

이제 주말에 아이들이 오면 내가 여행 중에 느끼고 생각해두었던 것을 조용히 한번 말해주려고 한다. 그리고 특히 외국 회사에 근무했던 경력이 있는 둘째 아들과 며느리에게는 손자, 손녀를 위해서라도 영어식 어법보다는 공손하고 슬기로운 우리말의 결기를 살려 표현하는 훈련을 더 하라고, 무안하지 않을 만큼 일러줄까 생각하고 있다.

아버지 노릇 하기가 쉽지 않다는 사실을 나이가 들어서도 어쩔 수 없이 느끼게 된다.

2009.10.20.

우리 형수님

　나는 8남매 중 여섯째였다. 지금은 누님 두 분과 남녀 동생 1명씩만 남아 있으니 불초 소생이 어느새 남자 중에서는 제일 위로 올라간 셈이다. 맏형은 경북중학 시절의 농구선수였고 서울상대를 다녔는데 약간은 바람기 비슷한 것도 있었다. 그래도 집안의 어른 역할을 하던 그 형은 내가 어쭙잖은 장관의 자리에 부임한 지 약 한 달 후에 세상을 뜨셨고 형수님도 바로 그다음 해에 형님을 뒤따라가셨다. 가을에는 누구나 생각나는 사람이 많게 마련이지만 내 경우에는 이상하게도 벌써 4년 전에 돌아가신 바로 그 형수님 생각이 유독 자주 나는 편이다.

　우리 형수님은 대학을 나오신 분도 아니고 더구나 대구의 명문 '경북고녀' 출신도 아니다. 유달리 양반 집안을 많이 의식하시던 선친께서 안동 김씨 집안의 조신한 규수를 맏며느리로 들이고 싶어 하셨고, 어린 시절부터 선친의 기죽이기 훈련에 충분히 단련된 형도 이렇다

할 명분 있는 이의를 제기할 형편이 못돼 형수님은 내가 중학생일 때 우리 집 가족의 일원이 된 터였다. 형수님은 나를 '되련님'이라고 부르며 위해주었고, 나는 형수님을 놀려먹는다고 어느 때 '매화송이 고옵게 피어나는 곳…'으로 시작되는 대구여중 교가를 일부러 외워 부르기도 했던 기억이 있다.

맏형이 젊은 시절 한때 형수에게 좀 소홀히 대해도 전혀 머리를 쓸 줄 몰라 선친께서 '며눌아, 남자들 마음이란…'라고 하시면서 달래는 것을 본 일도 있고, 만년에 경제적 능력이 거의 없다시피 된 상태에서도 딸이나 사위들에게는 변함없는 지극정성을 보여 유이의 시동생으로 남은 나를 조용히 감동시키기도 하였다.

무엇보다 형수님의 참 면목은 제사 때와 동서들에 대한 기강 잡기에서 극명히 드러났다고 지금도 나는 생각하고 있다. 태릉 가까운 곳의 허름한 집에 살면서도 1년에도 여섯 번쯤 되는 제사와 차례를 한 번도 싫은 기색 없이 치러낼 뿐만 아니라 제사 전날에는 반드시 내 처를 포함한 동서들을 오게 하여 함께 제사준비를 할 만큼 고지식한 지도력(!)을 발휘하는 것이다. 제사를 마치고 돌아갈 때는 아무리 필요가 없다고 해도 남은 음식들을 한 꾸러미씩 싸가도록 조치하는 고전적 인간성도 끝까지 바뀌지 않으셨다. 말하자면 형수님은 그런 분이었다.

나의 선친은 50년 전 내가 사법시험에 합격한 다음 해에 돌아가셨고 선비는 30년 전 내가 부장검사로 재직 중에 형님 댁에서 세상을 뜨셨다. 세월이 갈수록 부모님 생각이 많이 나는 것은 누구에게나 공통되리라 보지만 이제 너무 오랜 세월이 지난 탓일까, 나에게 크나큰 사랑을 베푸신 부모님들이나 돌아가신 다른 형제들에 비하여 상대적으로 고생도 더 하고 생활여건도 불만스러웠을 맏형과 형수님이 요즈음 부쩍 많이 생각나는 것은 웬일인지 모르겠다. 당사자들의 인간적 결점이 비교적 많았기 때문인지, 내가 가장 늦게까지 뵈어 정이 더 든 탓인지 정확히 알 수가 없다. 어쩌면 두 분 모두 가을 무렵에 돌아가셨고, 비록 세상살이는 잘 못 하셨지만 내게는 언제나 끔찍한 정으로 대해주신 모습이 더 생생히 기억나기 때문이기도 하리라. 형수님, 지금도 형님 곁에서 따뜻이 계시겠지요?

2013.10.26.

참된 법조 선비이자
존경하는 친구를 보내고

　겨울 산의 공기는 찼다.

　공원묘지라고는 하지만 좌청룡, 우백호의 자리는 좋아 보였고 산역山役도 생각보다 일찍 끝났다. 검은 상복을 단정하게 입은 부인과 두 딸, 시종 침착하게 사실상의 상주 역할을 수행해준 사위, 묵묵히 유족들의 버팀목을 해주신 시호 형 내외분과 친척들에 이어 친구로 따라간 나와 형창도, 한 삽의 흙을 이제는 이 세상의 사람이 아니게 되고 만 구우舊友의 관 위에 뿌리고 처연한 마음으로 내려왔다.

　무주 정귀호. 그와는 삼덕동 가까운 곳에 살면서 중학과 대학을 함께 다녔고 한 사람은 판사로 또 한 사람은 검사로 어느 시기 동안 법조계 생활을 같이 한 이력이 있지만, 실상 50대 초반에 이르기까지만 해도 서로 마음을 트고 지내는 아주 특별한 친구 사이였다고는 할 수가 없다.

　그를 정말 훌륭한 친구이자 자랑스러운 법조 선비로 생각하게 된 것은 오히려 1993년 내가 대검 중앙수사부장의 직을 사임하고 미국의 한 대학으로 때늦은 연수를 떠나게 된 이후이다. 당시 대법관으로 임명을 받은 그는 진심이 담긴 편지로 사람의 마음을 감동시키기도 하였고, 법조 전반의 문제에 관하여 의견을 구할 때는 언제나 절제된 생각과 균형 있는 언행으로 나는 물론 주변 모든 사람들로부터 믿음을 쌓았다. 장례의 마지막 순간까지 따라와 준 이 전 대법원장과도 각별한 사이였지만 변호사로 일하면서 한 번도 주위에 그런 내색을 한일이 없다.

그는 또 독일 유학까지 마친 훌륭한 플루트 연주자인 장녀가 법조인 부군을 만나 결혼을 하게 되었을 때도, 법원과 학계의 훌륭하신 선배들을 제쳐두고 굳이 이 못난 옛 친구에게 주례를 부탁할 정도로 두터운 심성을 지닌 사람이기도 하였다.

그는 내게 두 번 중요한 멘토의 역할을 하였는데, 고백하자면 한 번은 지난 정부에서 내가 법무부장관 직을 제의받았을 때이고 또 한 번은 둘이 함께 속한 청주 정鄭씨 종친회의 재경회장직을 내게 맡으라고 권유하였을 때이다. 공교롭게도 두 번 모두 그의 말을 따른 결과가 되었지만, 그것은 그의 단순한 설득력에 있었던 것이 아니고 그의 세상을 보는 안목에 그만큼 실사구시적인 지혜가 담겨져 있었기 때문이라고 나는 믿는다. 그는 확실히 실력이 출중한 법관이자 교양 있는 선비이고 또 양반이었다.

그래도 그에게 섭섭한 것은 한 가지가 남는다. 왜 남에 대하여는 늘 점잖고 존경스러운 모습을 보이면서 스스로 몸의 이상에 대하여는 마지막까지 주변에 알리거나 의논을 하려 하지 않았는가 하는 점이 바

로 그것이다. 가족들의 말을 종합해 보면 빨리 쾌차하여 친구들에게
건강한 모습을 보이려고 했는데 갑자기 병세가 나빠졌다는 것으로 요
약되지만, 글쎄 결국은 남에게 부담을 느끼게 하지 않겠다는 그 특유
의 고상, 점잖음 또는 양반기질 때문이 아니었겠나 라고 그저 미루어
생각해 볼 뿐이다.

　아쉽고 애통한 마음을 어찌 모두 표백하겠는가. 한없이 자유로운
나라에서 이제는 법도, 절제와 균형도, 교양도 모두 잊고 그저 편하게
훨훨 날아다니기를 빌 수밖에 없지만, 사랑하는 친구야! 어느 날 갑
자기 너의 말을 들어 보거나 점심을 같이 먹거나 또는 문득 야외에라
도 한번 같이 가고 싶을 때, 이제는 어디로 어떻게 연락을 해야 된다
는 말인가. 하늘나라에서라도 부디, 부디 편안히 쉬거라.

2011. 12. 29.

가슴의 따뜻함이 느껴지던
언제나 그 자리의 친구

김치수 교수와 나는 비슷한 연배이기는 하나 젊은 시절부터 서로 알던 사이가 아니다. 그는 당시 서울대의 자존심 같이 여겨지던 동숭동 문리대에서 불문학을 전공했고, 나는 그 옆 공업 연구소와 붙어 있던 법대에서 독일 사람들이 때때로 빵을 위한 학문(Brotwissenshaft)이라고 낮춰 불렀던 법학을 공부한답시고 그저 어정거렸을 뿐이니 서로 만날 기회도 없었던 셈이다.

우리는 지천명知天命의 나이도 훨씬 지나서 양처, 현모와 같은 재래식 표현으로는 턱없이 부족한 그의 부인 안정환 여사와 함께 자주 만난 편이다. 아마도 E 대학 시절부터 소속 학과의 중심적 역할을 하던 몇몇 선후배가 대학이나 언론, 금융 등 분야에서 어느덧 지도급 위치에 서게 된 그 부군들도 가끔은 끼워주는 것이 인정에 맞는다고 생각하여 작은 만남이 시작되었고, 나와 내 처는 그 대학의 후배이면서 혼자 일본에서 기특하게 살고 있는 내 누이동생 덕에 덤으로 그 모임에 참석하게 된 것이 아닌가 생각된다.

마침 나는 1995년에 약 25년간 종사해오던 검사의 직을 떠나 국민대학교의 형사법 교수로 신분이 바뀌었는데, 김 교수와 내가 처음부터 비교적 가까운 느낌을 가질 수 있었던 것은 바로 나의 그런 신분상 변화와도 무관하지가 않다고 믿는다. 늦깎이 교수가 되고 보니 대학 내 교직원들과의 관계나 학생지도 방식 등에 관하여 소속 학교는 달라도 부담 없이 이야기를 나눌 수 있는 김 교수와 같은 분의 경험과 지혜가 매우 아쉬운 상황이기도 하였다.

누구나 알다시피 김치수 교수는 사람들이 필요하다고 생각했을 때 언제나 거기 그 자리에 있는 분이다. 또 남녀노소를 가리지 않고 다른 사람의 마음을 헤아려 표나지 않는 배려를 하는 데 남다른 능력이 있는 분이기도 하였다. 안정환 여사와의 역할분담도 매우 자연스러워 만나는 사람들은 누구나 두 분에게 크고 작은 일을 부탁도 하고, 그냥 맡기기도 하였다.

모임에서는 미리 약속을 하고 가까운 곳에 1박 2일 또는 길어야 3박 4일 정도 되는 여행도 다녔는데, 그럴 경우 교통편이나 숙소와 식당 예약 등 일상적인 준비는 거의 김치수 선생의 외조 아래 안정환 여사가 맡아 하는 것으로 되어 있었다. 두 분에게 짐을 지운다기보다는 모두들 그래야만 무엇보다 안심이 되었기 때문일 것이다. 봄철의 섬진강 벚꽃길, 초겨울의 목포와 진도 그리고 속초, 해인사와 백련암, 제주도, 아리마 온천이나 북해도 등지를 우리는 모두 그렇게 다니며 웃고, 걷고, 조금은 마시며 떠들기도 했다.

언젠가 우리 몇 사람이 두 내외를 앞세우고 목포를 거쳐 보길도까지 다녀오면서 나는 김 교수에 대하여 아주 단순하지만 특별한 느낌을 가지게 된 경험도 있다. 고산 윤선도가 조성했다는 세연정洗然亭의 정취에 감탄하고 나오면서, 내가 김 교수는 이번 보길도 방문이 몇 번째냐고 무심코 물었을 때 그가 아마 대여섯 번은 될 거라고 범연히 대답하는 것을 듣고서이다. '세상에!' 내 평범한 생각으로는, 그렇다면 처음부터 일행에게 부근의 다른 명소를 권하든가 아니면 자신은 땅끝마을이나 완도쯤에서 기다릴 테니 우리끼리 다녀오라고 했을 법도 하건만, 그런 내색 한 번 없이 우리를 자기 고향도 아닌 그곳으로 솔선해 이끌었다는 뜻이 아닌가.

김치수 교수는 그런 사람이었다. 저녁을 먹는 자리에서 또는 여행지 숙소에서 김 교수가 빈 술병에 입을 대고 뱃고동 소리를 내거나, 일행의 권에 못 이겨 '에레나가 된 순이'를 또 한 번 부를 수밖에 없던 모습도 이제 우리의 아득한 추억으로만 남아 있다.

우리의 얕은 지식으로 소설이나 문학 주변의 화제 또는 프랑스와 관련된 세속적 관심사를 물어보면 김치수 교수는 언제나 흔쾌한 표정으로 넘치지도, 부족하지도 않은 설명을 해주곤 했다. 그의 책에 쓴 표현을 빌리면 '문학은 상처와 고통의 정체를 밝혀 주고 그 치유의 가능성을 모색하는 것'이라며 은연중 우리들에게 '삶의 허상과 소설의 진실'을 일깨워 주고 싶어 했는지도 모르겠다. 중학 시절 '학원' 잡지에서나 보았던 미국의 마종기 시인을 만나 칼국수를 같이 먹으면서 그의 강한 눈빛과도 같은 시집을 받아 읽을 수 있었던 것도 김 교수가 우리에게 열어준 큰 축복 중의 하나였다. 내 오래된 친구 중에는 그림을 좋아하고 산에도 잘 다니던 당시 법원장급의 판사가 한 사람 있는

/ 착한 교류가 그립다

데, 어느 날 둘이 알게 된 이후 금방 술도 같은 집에 다니며 마시고 등산도 함께 하는 것을 보면서 그의 인간적 폭과 넉넉함을 새삼 느끼게 해준 기억도 있다. 확실히 그의 따뜻한 마음과 균형 있는 몸가짐은 문학계뿐만 아니라 그를 아는 누구에게나 친근감과 미더움을 주었다고 말할 수가 있으리라.

그러나 유감이다. 내 주변의 법조계 사람들이 주로 일의 합리성과 적법 여부를 따지고 냉철함 또는 치밀함을 마치 누구나 갖추어야 할 몸가짐의 큰 지표처럼 생각하고 있는 가운데, 내가 만난 김치수 교수나 그 모임의 사람들이 보여준 인간적 정리情理나 따뜻함, 그리고 그 만남이 주는 작은 재미와 소담스러운 보람을 내가 어떻게 이 자리에서 모두 표백表白할 수 있단 말인가.

이제 김치수 교수가 떠나고 한 해를 보내고 보니 새삼스러운 그리움과 아쉬움이 밀려온다. 아, 왜 그가 건강할 때, 그가 살아있을 때 좀 더 터놓고 웃고 욕하고 떠들지를 못했던가. 기회가 없지 않았는데도 파리나 프로방스에는 왜 한 번도 같이 가지를 못했던가. 내가 언젠가 보여주려고 생각하며 혼자 연습한 줄리엣 그레코(Juliette Greco)의 정감 있는 샹송 '로망스'는 왜 끝내 그 앞에서 한 번도 불러 보지를 못했더란 말인가. Paris qui n'est à personne est à toi si tu le veux Mon ami, je te le donne ce cadeau c'est pour nous deux…… 쯤은 지금도 그냥 외어지는데.

보고 싶은 김치수 교수, 쉬다가 지루할 때 그냥 한번 슬쩍 우리 곁을 다녀갈 수는 정말 영 없는 건가요?

문학과 지성사, 『김치수 추모문집』, 2015.10.

공인의 자세와
인간적 정리情理

조선 시대 선조들에 관한 기록을 보면 퇴계退溪나 남명南冥 같이 뛰어난 유학자들은 공직의 벼슬보다 학문을 닦거나 제자들을 가르치는 일을 더 중요시했던 것으로 볼 수 있다. 대사헌 등 봉직을 사양한 한강寒岡 정구 선조는 더 말할 것도 없다.

논어에 나오는 말처럼 군자는 '근본에 힘쓰면(君子務本) 도가 저절로 생긴다(本立而道生)'는 철학이 몸에 배었기 때문이기도 할 것이다.

감히 선현의 지혜로움과 비교할 수는 없지만, 검사로 25년, 법무부와 반부패정책기관의 책임자로 전후 3년 6개월을 보낸 필자로서도 공직에 몸담고 있는 동안 언제나 이러한 근본적 문제로 크고 작은 마음의 갈등을 겪은 편에 속한다. 그 결과가 1990년대 초 정권 교체기에 대검 중앙수사부장의 직을 사임하고, 미국과 일본의 대학에서 재충전 기간을 가진 후 10년 동안 대학의 교수와 총장으로 봉직할 수 있는 기회가 주어진 것이라고 지금도 스스로 생각하고 있다.

/ 착한 교류가 그립다

그러나 공직에 종사하든 가르치고 연구하는 일에만 전념하든, 사회적 공인公人으로서의 몸가짐에는 근본적으로 달라질 것이 없다고 필자는 믿는다. 공과 사를 엄격히 구분하고, 국가 또는 사회의 이익을 앞세우며 스스로 다른 사람의 수범이 되거나 부하나 제자들이 그렇게 되도록 끊임없이 노력해야 할 책임과 의무가 따른다는 점에는 의문이 있을 수 없다.

물론 공직이 국가와 국민에 대한 충성심을 제1차적 의무로 전제하고 있음에 반하여, 교직은 개인의 발전과 진리탐구 그리고 널리 홍익인간을 위한 헌신과 배려의 자세를 가르침을 기본적 목표로 하는 정도의 차이는 있다고 볼 수도 있다. 그러나 문제는 충성심을 바탕으로 한 공직자의 공식적(formal) 자세가 인정과 도리를 지켜야 할 인간적인 비공식(informal) 요인과 충돌하는 경우이다. 이것은 공적 의무의 수행이 사적인 연고나 정실에 휘둘려 공정성을 잃는다는 문제와는 전혀 다른 차원이다.

예컨대 엄정, 치밀해야 할 공무수행의 의무 외에 그 공직자가 가족의 질병이나 이별 또는 존경하던 선임자나 동료의 부당한 전보, 이직과 같은 사태를 맞았을 때 모든 것을 외면한 채 오직 자신의 본래 업무에만 집중하는 것이 바람직한 모습이냐 아니면 다소의 동요가 있더라도 인간적인 공감과 슬픔을 함께하는 것이 소망스러운 것이냐 하는 문제로 바꾸어 생각해 볼 수도 있을 것이다. 이것은 결국 공직자의 도道와 인간적 정리情理를 어떻게 조화시키느냐의 문제로 해석할 수도 있다.

최근의 한 보도를 보니 외국의 예이기는 하지만 선거에서 당선자를 선택하는 기준은 보통 그의 냉정한 신념이 70%, 인간적 끌림이 30% 정도에서 결정된다고 하였다. 공적 기구를 이끌어 가는 리더십도 인간적 끌림의 느낌이 다르지 않으면 지속성이 없다. 리더가 아무리 똑똑하다고 한들 인정머리가 없는 사람이라면 누가 계속 그를 받쳐주며 그의 철학이 실현될 수 있도록 몸과 마음을 바쳐 도와주겠는가. 공무이든 사무이든 모든 일은 일 자체의 효율성 외에 일할 맛과 보람이 느껴져야 한다. 또 인간적인 끌림은 그 끌림 자체로 삶의 맛과 보람을 느끼도록 만들어 준다. 그리고 그 맛과 보람은 인간적 신뢰를 바탕으로 하고 있으므로 깊이가 있고 생명도 길다고 볼 수가 있다.

공무라고는 할 수 없지만, 종친회는 근원을 같이 하는 선조를 숭모하는 분위기 속에서 후손으로서의 자부심과 긍지를 높이고 종친 간의 정리를 두텁게 하는 데 큰 의미를 두고 있다. 공무원 조직과 달라 형식적 효율성보다는 실질적 일체감과 소속감을 높이는 일이 훨씬 더 중요하다고 보므로 종친들 간의 정리는 얼마든지 더 두터워져도 좋을 것이다. 우리 종친회도 그 존재 자체로 신뢰와 보람이 느껴지고 자녀들에게도 자랑스럽게 그 뜻이 이어질 수 있도록 함께 분발할 필요를 날이 갈수록 체감하게 된다.

청주정씨종보, 2015.5.25.

요즈음
어떻게 지내십니까

인연이 있는 법조인이나 대학 교·직원 또는 이제는 퇴직한 분이 더 많은 언론인들을 어쩌다 만나게 되면 거의 공통적으로 묻는 질문이 있다. "그래, 요즈음 어떻게 지내십니까?"라고 하는 것이 바로 그것이다. 아주 단순하면서도 바탕에 호의가 담긴 질문이다.

그러나 그 대답은 의외로 그리 간단치 않다. "이럭저럭 건강하게 잘 지내고 있습니다."라는 가장 쉽고 단순한 응답은 스스로 생각해도 너무 고식적姑息的일 뿐만 아니라 자신을 자칫 무기력하게 드러낸다는 문제가 있다.

"서예를 좀 열심히 하고 있습니다."라든가 "교외에서 텃밭 가꾸는 재미를 들이고 있습니다."라는 류의 대답을 할 수 있으면 얼마나 좋으랴. 그러나 나는 그런 취미생활도 하지 못할 만큼 빙충맞은 쪽에 속한다.

"변호사 사무실은 내지 않고 있나요?"라는 질문에 대답하기는 차라

49

리 너무나 쉽다. 전관예우 따위의 말을 듣고 싶지 않은 결벽성 탓도 있지만 나는 이미 20년 전에도 자기네 로펌에서 같이 일하자는 법조 후배의 제의를 거절한 전력이 있기 때문이다.

"옛날 선비처럼 복 받았다고 생각하며 지내고 있습니다."라는 대답은 사실과 매우 가깝지만 스스로를 선비로 자처한다는 오해를 살 염려가 있어 조심스러울 수밖에 없다. 또 "자족하며 건강히 지내고 있습니다."라는 식의 대답은 너무 방어적 응답으로 느껴져 피하는 것이 좋겠다는 생각을 하게 된다.

사실 나는 공직 퇴임 후 내 분수에 넘게 서울 시내 유수한 사립대학 두 곳의 법인이사와 한 방송사의 사외이사를 맡고 있고, 한국형사법학회를 비롯한 공익기구와 단체, 학교 등에 나름의 출연出捐도 하여 그런 곳에 가면 제법 과분한 대우를 받는 처지이기도 하다. 그러나 너무나 당연하게도 그런 것들을 요즈음 어떻게 지내는가라는 질문에 대한 대답과 연결할 수 있는 지혜를 나는 아직 알지 못하고 있다.

그동안 못 읽었던 책을 읽고 공직을 마친 후 정리하지 못했던 자료들을 챙겨보기도 하면서, 가끔은 전에 나한테 고맙게 해준 친지들과 언제 보아도 즐거운 옛 친구들을 만나 청담淸談을 나누는 재미를 누리는 것이 내 '요즈음 지냄'의 정직한 내용이라고 할 수가 있다. 굳이 그 바탕이 되는 철학이나 자세를 답해야 한다면, 아마도 남명 조식曺植 선생이 그 글을 보고 크게 깨우쳤다는 출즉유위 처즉유수出則有爲 處則有守 - 나가서 출사하면서는 무언가를 하고, 들어와 살면서는 도리를 지킨다. - 의 모습에 가까이 다가가도록 그저 끊임없이 노력하는 수준일 것이다.

결국, 위의 평범한 질문에 대한 나의 소박한 답은 "미뤄두었던 일도 좀 하면서 그런대로 균형 있는 건강은 지키는 셈입니다."는 정도이다. 너무 담백하고 건조하게 들릴 수도 있는 답이지만 나름대로 겸허하고 정직한 답이라는 조그마한 자긍自矜이 그 속에 숨겨져 있다고나 할까.

2015.12.12.

8월은 분별을
일깨워주는 달

휴가는 자유이자 구속이다. 25년 동안 검사로 근무하면서도 그랬고, 대학에서 10년간 교수와 총장으로 재직하면서도 그것은 언제나 비슷한 느낌과 모습으로만 기억되고 있다.

검사 시절 여름 휴가는 그 시기를 선택하는 데부터 작은 구속을 받는다. 지금도 그렇다고 보지만, 대개 5일 내지 1주일간 주어지는 휴가는 더위가 절정인 7월 하순부터 8월 초순까지 2주일 사이에 희망자가 경합하기 마련. 일시에 많은 인원이 동시에 청을 비워서는 안 되는 것이 당연한 사리이므로 휴가 시기를 자율적으로 조정할 수밖에 없는데, 결국은 고참 경력이 아니면 개인적 특수사정이 있는 사람의 순으로 선택의 우선권이 갈 수밖에 없다. 물론 이의나 불평을 하는 사람도 없고, 그런 것들이 어느새 하나의 관행이랄까 조직원으로서의 당연한 미덕처럼 인식되어 있는 터이기도 했다. 중요 사건을 맡아 있거나 소속 부서의 당면한 과제를 처리 중인 검사는 스스로 휴가를 포기하거나 일단 기약 없는 연기 쪽을 선택하기도 한다.

　필자의 경우 도시에서만 자란 아이들에게 시골의 자연을 가깝게 느끼도록 하는 것이 휴가의 가장 큰 의미라고 생각했던 까닭으로 젊은 시절에는 남해 바닷가나 청송의 주왕산, 가평 부근의 물가 등지로 며칠씩 다녔다. 하지만 아이들은 생각보다 탱자나무 울타리가 있는 시골 풍경이나 냇가에서 물고기를 잡으며 한유閑遊하는 일 같은 것에는 별다른 흥미를 보이지 않아 실망했던 기억이 지금도 뚜렷하다. 캠핑을 한답시고 강변에 텐트를 한 번 쳐본 일이 있으나 부근의 대학생들이 밤새도록 음악을 크게 틀어 놓아 잠을 못 잔 가족들로부터 예상치 못한 원망을 들은 일도 있었다.

　또 하나 휴가가 자유롭기보다 구속적이라고 느껴진 이유는 비용 때문이었다고도 생각되는데, 필자가 30대 후반이던 어느 해 여름 알고 지내던 어떤 회사의 대표가 용평에 구형 콘도를 하나 가지고 있다면서 필요하면 쓰라고 하여 가족들과 사흘인가 공짜로 사용했던 사실이 지금껏 마음의 채무로 남아있기도 하다. 개인적 체험으로 말하자면 검사의 휴가는 아무래도 '휴식과 의무 사이'의 어느 지점에 흐릿하게 존재하고 있었던 것이 아닌가 싶다는 생각이다.

　그러나 50대 중반에 대학에서 처음 맞았던 휴가, 정확히 말하자면 여름방학은 완전히 그 실체가 달랐다. 그것은 이를테면 잠깐의 휴식이라기보다 약 2개월 동안 거의 완벽한 해방 또는 눈에 안 보이는 어떤 굴레로부터의 놓여남에 가까웠다는 것이 솔직한 느낌이다. 따지고 보면 교육과 연구를 주된 임무로 하는 대학교수에게 강의가 없는 방학이라고 하여 매사에 자유롭다고는 결단코 말할 수 없지만, 그것을 처음 경험하는 사람에게는 마치 천국에라도 들어간 듯한 기분이었다.

참으로 순진하게도, 첫해에는 독일까지 가서 에어컨이 없는 차를 하나 빌렸다. 그 후 로만티크 가도를 거쳐 전혜린 선배께서 1960년대의 베스트셀러 격이었던 수상집에 써 많은 젊은이들에게 동경을 불러일으켰던 뮌헨의 영국공원과 슈바빙 거리까지도 가보았다. 하지만 오래지 않아 대부분의 교수들은 이런 기간을 이용하여 미뤄 두었던 논문을 쓰고 각종 연구 자료도 수집한다는 사실을 알게 되었다.

아, 그렇구나! 다음 해는 사법시험 채점위원을 맡게 되어 온 여름을 거기에 매달리느라 방학의 자유로움을 또 제대로 누리지 못하고 말았지만, 그러는 사이 대학에서의 휴가의 바른 의미와 가치를 다소나마 터득하게 된 것은 망외의 축복이었다는 생각이다. 물론 대학의 행정 책임을 맡게 되면 교직원 세미나라는 등의 이름으로 구성원 간의 화합이나 학교 발전을 위한 각종 연찬의 기회가 대개 여름휴가 직전에 이루어진다는 점도 고려할 필요가 있다. 각종 사회봉사도 방학 기간이 최적의 기회라고 할 수가 있다. 결국, 대학에서의 여름휴가는 연구 또는 교육 종사자로서 '놓여남과 이뤄냄' 사이에 존재하는 특별한 재충전 또는 발전의 기회가 될 수밖에 없다는 것이 필자의 작은 경험이다.

대학과 공직을 떠난 지금 한 자유인으로서의 휴가는 어떨까? 전관예우 운운의 말이 따르는 변호사 업무는 처음부터 하지를 않았고, 맡고 있는 몇몇 공익적 성격의 일도 대개 그 일정이 예측 가능한 사정이므로 이미 일상의 업무로부터 해방된다거나 지적 재충전을 위한 휴가란 그 의미가 없다고 생각해 볼 수도 있다. 그러나 그렇다고 하여 '가족에 대한 배려와 스스로의 침잠沈潛'을 위한 시간에까지 인색할 필요는 없다. 친지에 대한 문안이나 이웃을 위한 작은 봉사 그리고 무장무애無障無礙의 상태로 스스로의 마음을 얼마간 비우는 것이야말로 오히려 나이가 들어서도 할 수 있는 좋은 휴가 보내기의 방법이 아닐까라고 생각하게 되는 것이다.

최근 한 연구원에서 전국 4,600가구를 대상으로 조사한 결과 올여름 휴가를 가지 않겠다고 응답한 비율이 67%에 이르고 그 이유가 생업상 또는 비용 부담 때문이라는 사유가 58.9%를 차지한다는 보도가 있었는데, 이런 세간의 사정도 휴가에 관한 여러 가지 생각을 하게 만든다. 혹 오세영 선생이 시에서 쓴 것처럼 '8월은 분별을 일깨워 주는 달'이라는 지적에 좀 더 귀를 기울일 필요는 없을까?

동아일보, 2013.8.3.

영혼이 있는 관료가
보고 싶다

　주로 경제정책을 집행하는 부처를 중심으로 '관료에게는 영혼이 없다'라는 표현이 자주 쓰이고 있다. 최근에만 해도 정부의 세제개편이나 기초연금안의 수립과 관련하여 복수의 안 중에서 채택된 정책의 마찰 없는 시행을 위하거나, 채택 안 된 안을 마련하느라 고생한 공무원들의 자조自嘲 섞인 탄식 또는 새로운 업무 의욕을 고취하기 위한 상급자들의 독려를 위하여 나름대로 그 쓰임새가 없지 않은 것으로 보인다.

　알다시피 이 표현은 원래 관료제에 관하여 탁월한 연구업적을 남긴 독일의 막스 베버가 관료란 근본적으로 몰인정적沒人情的(impersonal)이라는 전제하에 합법적으로 제도화된 그 몰인정적 질서에 명령과 복종의 계층제를 형성한 것이 바로 오늘날의 관료제라고 보는 시각과 연관된다.

　따라서 관료란 영혼을 버려야 출세가 빠르며 공공의 이익을 위한 업무에 종사하는 공무원이 영혼을 팔게 되면 그 피해는 결국 국민의 몫으로 돌아온다는 세론世論 또한 이러한 시각과 전혀 무관하다고 볼 수가 없을 것이다.

물론 관료제가 가지는 효율성이나 전문성, 기회의 균등성 등 장점이나 형식주의와 무사안일주의, 동조 과잉과 행정의 독선화 우려 등 단점은 우리의 관료사회에도 그대로 적용이 된다고 할 수 있다. 그러나 일제강점기와 동족 간 전쟁을 경험하고도 반세기 만에 선진국 대열에 합류하여 1인당 국민총소득(GNI) 2만2670달러(2012년)를 이루어 낸 우리나라에서 산업화와 민주화를 이끌거나 겪어낸 대한민국의 관료들만이 가지고 있고, 또 마땅히 갖고 있지 않으면 안 될 요인도 우리는 함께 숙고해 보지 않으면 안 된다.

무엇보다 대한민국 관료에게는 헌법적 가치로 표출된 국가적 정체성에 대한 투철한 의식과 공인公人적 자존감을 지녀야 함이 전제될 것이다. 또 당연히 맡은 바 업무에 대한 냉철한 분석을 토대로 한 균형 감각과 그 성취를 위한 남다른 열정을 필요로 한다고 보아야만 한다.

대다수 국민들은 그동안의 경험을 통하여 이제 단순한 술術이나 기技보다 원칙에 충실하고 덕을 갖춘 관료를 더 높이 보고 있다. 또 묘수보다는 선책善策이, 일방적 '받아 적기' 보다는 상호적인 '귀담아듣기'가 더 국리민복에 유익하다는 사실도 이미 잘 알고 있다.

직무에 대한 전문성은 말할 것도 없거니와 국민의 신뢰를 받을 수 있는 관료라면 당연히 겸허한 몸가짐과 통찰력 그리고 복잡한 행정을 이끌어 가기에 부족함이 없는 역사의식도 갖추어야 한다고 생각할 수 있다.

많은 국민들이 작고한 남덕우, 김재익과 같은 탁월한 식견을 갖추었던 지도적 경제관료나 이춘구, 김황식과 같이 겸허하고 담백한 자세로 행정적 소임을 완수하고자 노력했던 인사들을 비교적 오래, 그리고 긍정적으로 기억하고 있는 것도 이러한 국민적 평가와 결코 무관하지 않다고 볼 수 있을 것이다.

관료 세계를 바라보는 국민들의 심성 속에는 우리의 유교 문화적 전통에서 유래하는, 눈에 보이지 않는 기대와 요구도 함축돼 있다고 보아야 한다. 진퇴와 집무자세에서 보여주는 일종의 격이랄까, 선비다움 또는 지사志士적인 품격이 바로 그것이다. 때로는 쓴소리도 마다하지 않고 부끄러움을 알며, 물러남조차도 두려워하지 않는 강단 있는 선비의 모습은 그것이 서구적 관료제의 본모습과는 분명 거리가 있지만 다수 국민들은 은연중에 바라고 있는 측면도 있을 것이다.

그러나 관료에게는 관료제 자체가 요구하는 역할과 책임이 있다. 관료의 영혼은 숨겨두어야 하며, 그의 경륜이나 소신도 당연히 관료제의 틀을 통하여 반영해야만 할 의무가 있다고 보아야 한다. 관료의 영혼이 관료제의 틀 속에 자연스럽게 용해되어 그 충성심·능률성과 민주성·소통력이 상승적인 가치와 보람을 창출토록 할 책임은 결국 행정부를 이끌고 있는 국가 지도자에게 있다고 보아야 하지 않을까.

동아일보, 2013.10.8.

/ 착한 교류가 그립다

판사와 검사도
변하고 있는가

　판검사란 어휘가 마치 하나의 특수한 신분처럼 통용되고 있는 우리 사회에서 사건의 재판을 담당하는 판사와 수사 지휘 및 공소 제기를 맡고 있는 검사에 대한 평가는 대체로 높은 편이다. 그런데 그러한 판사와 검사의 업무와 관련하여 근간 비판적인 보도나 여론이 자주 국민의 눈에 띄거나 들리는 것은 무엇 때문일까.

　우선, 비록 많은 경우는 아니지만, 전문성이 국민이 믿었던 만큼에 못 미치는 판결이나 기소 사례를 들 수가 있을 것이다. 작년에 수원지방법원에서 합의부가 재판할 사건을 단독 판사가 재판을 하는 등의 잘못으로 같은 피고인이 1심 재판을 세 번 받았다는 예나, 사회적 이목을 끄는 공직자의 뇌물 사건에서 피고인이 부인하는 마당에 뇌물을 주었다는 사람의 진술 합리성이 세밀한 부분에서 떨어진다는 등의 이유로 무죄를 선고받는 사례가 늘고 있는 것이 바로 그런 경우라고 볼 수 있다.

또 수사 대상자였던 사람과 업무 외의 접촉이나 금품수수 등을 한 검사의 비리가 드러나 결국 그 검사 자신이 구속기소 되기에 이르렀다는 특수한 경우는 말할 것도 없고, 법정에서 소송 당사자에게 이른 바 '막말'을 했다는 판사의 경우도 업무 자체의 전문성은 아니지만, 전문가로서 요구되는 품위와 관련하여 다수 국민의 비판 대상이 되고 있는 실정이다.

다음으로 법조문의 문리적 해석이나 재판 또는 수사의 관행에 지나치게 의존하여 오히려 상식적인 국민감정과 괴리가 생기는 경우도 생각해 볼 수 있다. 지금은 점차 바뀌고 있다고 보지만, 공직자 부패 사범에 대한 선고형량이 지나치게 가볍다든가 일부 법관의 주관적 신념이 강조된 나머지 속칭 '튀는 판결'로 화제가 된 경우가 그런 예에 속할 것이다.

검찰이 최근 1년 사이에 이따금 보여 준 바와 같이 어떤 사건에서는 지나치게 수사 집중력을 드러내고, 또 어떤 사건의 수사는 국민의 기대와 달리 상대적으로 소홀히 하는 듯한 모습을 보인 사례도 마찬가지일 것이다. 수사 착수는 거창하게 하고서 마무리가 미흡하여 당초의 수사 동기에 관하여 의문을 불러일으킨 경우도 없지 않았던 것으로 생각된다.

일부 언론에 '찍어내기'를 위한 입건이니 면죄부를 주기 위한 수사니 하는 따위의 비아냥이 등장한 것도 바로 그러한 시각과 무관치 않을 것이다. 물론 어느 경우이건 재판을 담당하는 법관인 판사와 형사 사건을 수사 기소하는 당사자인 검사를 동일 선상에서 볼 수는 없다.

또 하나 보통시민의 눈으로 볼 때 부자연스러운 것은, 대부분의 판사나 검사가 일상의 사회생활에서 그 직업과 신분을 과도하게 의식하고 있는 듯한 모습일 것이다. 예컨대 지방도시에서 알 만한 인사가 화제에 오를 때 "그 사람 얼마 전 우리 법원에 다녀갔지", "작년에 검찰에서 내사받은 일이 있을걸"이라는 식으로 부지중 업무와 관련된 언급을 하거나, 자신이 단순한 민원인 또는 고객으로 주민센터나 은행을 찾아간 경우에 불과한데도 이유 없이 딱딱하고 불편한 표정으로 앉아 있는 모습을 종종 볼 수 있는 따위가 그런 예이다.

시대 변화와 사회의 발전에 따라 판사와 검사의 체질이나 사고도 필요한 만큼의 변화가 불가피하다. 그리고 그 변화는 직무와 관련하여 끊임없는 절제와 노력으로 전문성과 도덕성을 높이고, 직무 외의 일에서는 평균적 시민과 같은 수준의 상식에서 말과 행동을 다듬어 가는 쪽이 되지 않으면 안 된다. 법치주의가 원래 국민의 자유와 권리를 지키기 위해 발전되어 온 것임에도 불구하고 아직도 우리 사회의 적지 않은 사람이 정의와 상식이 법 위의 개념이며, 법치라는 것도 결국 지배자의 무기일 뿐이라는 왜곡된 인식을 가지고 있는 것처럼 보인다.

이제 우리 사회의 법치는 죽은 법치가 아닌 살아 있는 법치, 박제된 법치가 아니고 따뜻하게 숨 쉬는 법치의 방향으로 나아가지 않으면 안 된다. 법률가가 나쁜 이웃이 아니라 '좋은 이웃'으로 인식되기 위한 변화의 앞자리는 의당 청정淸淨 담연淡然한 안목을 지닌 법관과 검사가 이끌어 가야 할 것이다.

동아일보, 2014.1.21.

■
■

분노와 슬픔
다음에 와야 할 것

분노. 탄식. 허탈. 그러나 그보다 더 먼저, 더 아프게 우리의 가슴을 때리고 후벼 판 한없는 슬픔. 아, 이제 우리는 무엇을 해야 하는가.

언제나 그랬던 것처럼 정부는 책임 있는 관계자를 엄중히 처벌할 것이다. 비정상이 일상화된 회사, 감독을 제대로 하지 않은 행정당국도 철퇴를 받을 것이다. 사고 수습 과정에서 드러난 정부 관계부처의 비효율성도 국민의 무겁고도 따가운 눈초리를 받으며 일단의 개선책을 강구해 갈 것이다. 보도 행태의 문제점에 대해서도 비판과 자성이 유례없이 이어지고 있다. 그러나 그럼에도 불구하고 지워지지 않는 이 탄식과 허탈감은 도대체 어떻게 치유해야 된단 말인가.

참으로 어처구니없는 이 인재人災의 전말을 보면서 나는 먼저 나 스스로를 돌이켜보게 된다. 25년 동안 검사로서 사람의 죄를 밝혀 처벌하는 일에 종사하였던 나는 과연 벌주어야 할 사람을 제대로 찾아내 누구나 수긍할 만큼의 벌을 주었는가. 소관이 아니라는 이유로, 또는

/ 착한 교류가 그립다

업무가 과중하다는 이유로 눈앞의 범죄를 그대로 지나친 일은 없었는가. 피의자의 인권을 명분으로, 피해자의 이익이나 사회방위를 소홀히 생각한 일이 없었다고 누구에게나 자신 있게 말할 수 있는가. 만약 너를 포함한 같은 직종의 사람들이 진작부터 더 엄하고 더 공인정신에 투철하였다면, 승객을 뒤에 둔 채 먼저 배를 버린 선장이나, 월급 270만 원의 1년 계약직 선장을 고용한 해운업주도 감히 이 사회에 발붙이지 못했을 것이라는 사실을 한 번 생각해 보기는 했는가.

명색이 대학의 교수 또는 총장의 이력을 가진 교육자의 한 사람으로서도 나는 깊은 회오와 반성의 마음을 가진다. 규칙을 어긴 젊은이들에게 나는 평소 얼마나 따끔히 잘못을 지적하거나 꾸짖으며 살아 있는 가르침을 주었는가. 만약 의무와 책임에 충실하고 약자를 먼저 배려하는 정신을 온몸과 마음으로 더 일찍 가르쳤다면, 참사의 원인을 제공하고 구조 과정의 혼란을 야기한 그런 선원, 그런 기업주, 그런 공무원들로 나라의 격이 삼류로 격하되는 차마 표현할 수 없는 부끄러움도 지금보다 조금은 덜하지 않았겠는가. 온 국민이 느끼는 이 무력감으로부터도 조금은 일찍 헤어날 수가 있지 않았겠는가.

정부 공직자의 한 사람으로 일했던 나는 또 다른 자괴自愧의 느낌에 온몸이 떨린다. 보고 위주의 행정과 민심을 차순위의 고려사항으로 보는 행태가 이 정도로 심했단 말인가. 관료제의 합리성과 능률성은 어디로 가고 이제 형식성과 동조과잉(overconformity)만이 나라의 모든 부처에 남아 있단 말인가. 부끄럽다. 참으로 부끄럽다.

애들아, 미안해. 차디찬 너희들을 이렇게 보내고

편히 있다는 것이 못 견디게 부끄럽고 창피해.
우리 모두의 책임인데 아무 죄 없는 너희들이
대신 짊어지고 가는구나. 얘들아, 정말 미안해.
이번에 세상 곳곳이 고장 난 걸 똑똑히 보았어.
이제부터라도 원칙과 기본에 충실할게.
내가 좀 불편해도 시간이 조금 더 걸려도
더 많은 사람에게 도움이 된다면 그 길을 갈게.

(후략)

이것은 한양대 이희수 교수가 며칠 전 '기본과 원칙을 지키는 태평로 모임'이란 자리에서 읽었던 진심 어린 글의 일부를 그대로 인용한 것이다. 이제 우리가 무엇을 할 수 있겠는가. 국가경쟁력 22위(국제경영개발원·IMD 발표), 1인당 국민소득 2만6205달러(2013년)란 수치도 원칙과 기본이 제대로 지켜지지 않는 사회에서는 아무런 의미가 없다. 그동안 우리가 흘린 눈물의 참된 의미는 공동체의 모든 구성원이 기본과 원칙을 지키는 믿을 수 있는 사회를 만들어 가는 데서 찾아야만 한다.

동아일보, 2014.4.26.

/ 착한 교류가 그립다

아,
슬픈 공직이여!

　민주사회에는 신분적 특권층을 상징하는 양반이 따로 없다. 물론 있을 수도 없다. 그러나 아직도 '그 사람 참 양반이지'라는 식의 좋은 의미의 사회적 평가는 통용되고 있는 것이 현실이다. 그리고 이때의 양반이라는 표현 속에는 점잖고 품격이 있다, 또는 체면을 안다는 긍정적 의미가 함축되어 있다고 볼 수 있다. 또 실제로 사람을 평가할 때도 특정인의 성씨를 두고 양반 여부를 따지는 일은 많지 않지만, 그의 행동거지에 양반 같은 품격이 있는지는 이따금 사람들의 입에 오르내리는 것이 엄연한 사실이기도 하다.

　장관 후보자들에 대한 인사청문회의 진행 과정이나 그 결과에 대한 언론의 보도를 보면서도 필자는 많은 국민이 해당 후보자의 정책 수행능력이나 비전보다도 그 답변 자세나 거짓말 유무와 같은, 비유컨대 '양반스럽지 못한' 태도에 더 큰 실망과 비판을 가한다는 인상을 받아 왔다. 물론 여기서 말하는 양반스럽다는 뜻은 서양식으로 표현하자면 귀족적이란 의미보다 '신사다운 또는 숙녀다운'이란 뜻에 가깝다고 말할 수 있을 것이다.

알다시피 고려 시대 관제상의 문·무반에서 시작된 양반이란 말은 조선 시대에 이르러 지배 신분층 또는 사족土族을 지칭하는 뜻으로 굳어져 왔다. 물론 조세 및 병역 등 특혜나 조선조 말기 양반 계급의 부패상에 대하여는 많은 비판이 있어 왔지만, 세습해 온 양반 가계에 대한 사회적 평가나 공경의 정서는 지금도 크게 다르지 않다고 볼 수 있다. 특히 당시 정치에 참여한 관료나 학자인 사림士林이 대부분 양반 계층이었으므로 그들의 언행과 품성은 나름대로 사회의 도덕적 기준이 되어온 측면이 있을 것이다.

더구나 대유학자인 퇴계 이황李滉이 이조판서 직을 포함한 관직 제수除授를 20여 차례에 걸쳐 불응 또는 사퇴를 하였다거나, 퇴계 문하에서 학문을 닦았던 한강 정구鄭逑가 대사헌과 같은 공직 경력이 있음에도 불구하고 그 후손들은 오히려 그의 예학과 교학 등 분야에서 쌓은 학자로서의 명성에 더 큰 긍지를 가지는 것을 보면, 우리의 정신문화 속에는 분명 공직 자체보다도 오히려 양반다운 기품이나 몸가짐을 더 높이 평가하는 경향이 있다고도 볼 수 있다.

그러나 공직자로서의 업무수행능력이나 국정 기여도 또는 성과의 문제로 들어가면 우리는 관점을 완전히 달리하지 않으면 안 된다. 유교문화가 지배하던 조선조와 달리 자유민주주의와 시장경제를 근간으로 하는 지금의 사회체제 아래서는 단순히 몸가짐의 양반스러움이나 신사다움만으로는 부족하고, 가열한 국제경쟁시대를 이겨낼 수 있는 폭넓은 안목과 실용적 리더십, 그리고 사회공공의 이익을 위한 헌신성까지 갖추지 않으면 안 되기 때문이다.

결국, 우리 고유의 정신문화와 변화된 시대 상황 및 국제적 환경 등을 모두 고려한다면 공직자는 그 업무수행 과정에서 결코 종래의 양반 같은 체면이나 형식성에 사로잡히기보다 실용성을 앞세운 경쟁력과 공공의 이익을 우선시하여야 하되, 스스로를 다스리는 몸가짐만은 전통사회의 양반과 같은 또는 그 이상의 기품과 권위를 지키는 방향으로 이끌어가지 않으면 안 된다고 생각할 수가 있다. 이를테면 업무에서는 양반스러움을 과감히 버리고, 거취를 포함한 스스로의 몸가짐에 있어서는 오히려 고루한 양반스러움을 확실히 지키는 이원적 모습을 다수의 국민은 바라고 있다고 보는 것이다.

이것을 유교문화의 탓만으로 볼 수는 없다. 조선 시대의 양반문화를 되찾자는 뜻도 물론 아니다. 문화를, 아무리 잊으려 해도 쉽게 잊히지 않고 배우려고 해도 쉽게 배워지지 않는 것으로 이해한다고 해도 마찬가지이다. 오히려 공직윤리의 문제이자 사회의 투명성과 직결되는 과제이며, 많은 국민이 바라는 오늘을 사는 공직자의 바른 모습이라고 생각해 볼 수도 있을 것이다. 그런데 정작 문제는 진짜 양반스러운 기질을 가진 사람들이 더 이상 공직을 맡지 않겠다는 생각을 굳혀가고 있고 그런 사람들이 점차 많아지고 있다는 사실이다. 아, 슬픈 공직이여!

동아일보, 2014.7.26.

유능한 공직자와
신뢰감을 주는 공직자

　특별수사로 이름이 알려진 검사라고 하면 보통 강하고 치밀하게 보이는 외모와 쉽게 범접하기 어려운 위엄을 갖춘 사람을 상상하지만, 실제로는 부드럽고 인정 있게 보이는 모습을 가진 사람도 많다. 또 부처의 대변인 또는 공보관으로 임명되는 사람들은 흔히 출입기자들과의 관계상 친화력 있고 술도 곧잘 마시는 사람이 선발될 것으로 생각하지만, 필자의 법무행정 경험에 따르면 술을 전혀 못 하더라도 표리가 없고 믿을 만한 느낌을 주는 사람을 기자들은 오히려 선호한다는 사실을 알 수 있었다.

　이것은 사람들의 상식적인 통념과 성공적 공직수행을 위한 실질상의 덕목이나 요인이 반드시 일치하지 않기 때문이라고 볼 수 있다. 이를테면 특수부 수사에서는 단순한 돌파력보다는 피의자나 관계 참고인의 바른 진술을 이끌어내는 설득력이 현실적으로 더 중요하고, 대변인으로서도 사교성보다는 신뢰감을 주는 소통력이 훨씬 필요하다는 사실을 증명한다고 생각해 볼 수 있다.

물론 공직 업무의 성격에 따라 연구나 기록 또는 자료 분석 등을 주로 하는 경우에는 다르겠지만, 국민의 권익과 직접 관련되는 조사나 인허가 또는 각종 봉사 등 대민업무의 경우에는 안에서 보는 개인의 능력과 바같의 국민들 눈에 비치는 신뢰도 사이에 상당한 간극이 있을 때가 많다. 왜 그럴까.

유능한 공직자는 대개 투철한 국가관과 업무추진력, 그리고 상사의 기대에 맞는 판단력과 충성심을 갖추고 있다. 그러나 그 판단은 주로 상급자를 포함한 조직 내부의 수직적 평가에 의존한다. 반면에 신뢰감을 주는 공직자는 조직 바깥의 국민이나 관련 부처 공무원 등 행정행위의 대상이 되는 사람들로부터 수평적으로 평가되는 경우가 많다고 볼 수 있다. 물론 이해관계에 따라 외부의 평가가 반드시 정확하다고만 생각할 수 없다든가, 공직 수행이 반드시 외부인의 신뢰감과 정비례하여야만 그 목적을 달한다고 볼 수 없는 측면도 없지는 않을 것이다.

그러나 민주국가에서의 행정이란 결국 국민의 법적 안정감과 행복추구권을 보장하기 위한 공공 차원의 노력 체계이므로 행정행위의 대상이 되는 국민이나 다른 행정기관의 평가 결과를 결단코 무시할 수가 없다. 더구나 지금은 다수의 사회학자가 주장하는 바와 같이 '인간됨'을 찾는 것이 더할 수 없이 소중한 가치로 평가되는 시대이기도 하다.

문제는 한 공직자의 의견이 상사나 부처의 기본적 입장과는 다르지만, 장기적 관점이나 다수 국민의 이익에는 오히려 부합된다고 생각될 경우 또는 그 정반대의 경우에, 해당 공직자가 과연 어떤 태도를 취할 것이냐에 달려 있다고 볼 수 있다. 대개 상사의 의견에 따라 원만하게 집행을 한다면 유능한 공직자로, 그 반대의 경우에는 외부에 신뢰감을 주는 공직자로 평가될 가능성이 크다고 생각해 볼 수 있을 것이다.

물론 그 공직자가 사표를 쓰지 않고 그렇게 수미일관된 자세를 지키는 것이 현실적으로 가능할 것인가의 문제는 여전히 남는다. 그러나 이러한 문제는 한편으로 공직자의 의무나 윤리상의 과제로 볼 수도 있지만 다른 한편으로는 그의 국가관 또는 역사의식과도 연결될 수가 있으므로 섣불리 가부를 단정할 수가 없다. 그리고 그 판단은 해당 공직자 자신이 냉철한 머리와 따뜻한 가슴, 그리고 스스로에게 추상같이 엄격한 자세로 접근하여, 쉽지는 않겠지만 겸허하게 얻은 결론에 따른다는 전제를 취할 수밖에 없을 것이다.

국가공무원법에 따르면 모든 공무원은 성실의무와 함께 소속 상관의 직무상 명령에 복종할 의무가 있다. 그러나 우리 헌법은 모든 국민이 인간으로서의 존엄과 가치를 가지며 행복을 추구할 권리를 가진다는 큰 전제를 취하고 있으며, 공직자윤리법도 직무수행의 적정성과 공익 우선의 정신을 요구하고 있다. 결국, 박제화剝製化된 관료주의보다는 헌법의 정신에 더 충실하고, 사건보다는 인간의 문제로 접근하는 자세가 보다 국민을 위한 길이 아닐까 가늠해 보게 된다.

동아일보, 2014.9.27.

/ 착한 교류가 그립다

■
눈길

이 사람들을 보라

　이것은 우리가 할 이야기는 아니다. 그러나 택시에서 내리는 동료, 동료마다 옆구리에 큼지막한 기록 보따리를 끼고 있는 것을 보았을 때, 점심시간에 우연히 들른 선배의 방에서 그 선배가 혼자서 쓸쓸히 자장면을 들고 계시는 것을 보았을 때, 남들이면 졸음이 올 그 시각에 가만히 남아 앉아 끝없는 약식공소장略式公訴狀을 쓰고 있는 후배를 보았을 때, 아무도 나오라고 시키지 않은 어느 일요일 오후(혹 월말인지 모르겠다) 방마다 타자치는 소리가 들려 나오는 것을 들었을 때, 9시 30분이 채 못된 무렵에 시계를 보며 뛸 듯한 걸음으로 후문을 걸어 들어오는 조 판사님이나, 한 15분 이야기하다가 당번근무 시간이라고 부리나케 청廳으로 달려 들어가는 맹 검사를 보았을 때, 우리는 과연 무엇을 느끼는 것일까.

　그러한 어느 날 다변하던 동료가 갑자기 우울해졌음을 발견하게 되거나 쾌활 인자하기 짝이 없던 선배가 이상스레 신경질이 많아졌음을 보게 되거나 일에 무진 열심인 후배가 자꾸만 혼자서 툴툴거리는 것을 듣게 될 때 우리는 또한 무엇을 생각하게 되는 것일까.

약간 쓸쓸하게 보이는 그 건물 안에서 만나는 사람들마다 무언가 핵심적인 이야기는 피하게 되고 매사의 무사원만, 그러나 약간은 냉소적인 태도로 그저 그렇고 그렇게만 넘기려 하며 꼭 필요한 일이라 할지라도 남보다 앞서 하기를 꺼려하는 그런 기풍氣風을 사정없이 느끼게 될 때 우리는 또한 무엇을 생각하게 되는 것일까.

많아진 법, 지시, 회람, 그리고 이따금 있는 회의 속에서 참 그 이상일 수 없을 만큼 열심히 일들을 하면서 그러나 그 얼굴은 이상스레 기운 없어 보이고 질린 듯 피로한 듯하며 안정감조차 없어 보임은 웬일일까.

이따금 걸리버의 소인국에서나 처럼 사람들의 몸 전체가 작아진 듯한 느낌을 주는 것은 또 무슨 일일까. 그 얼굴에 핏기가 몸 전체에 활력과 자발적 참여의 의지가, 그리고 끝없는 의욕과 용기가 돌아올 수는, 돌아올 수는 영 없을까.

이것은 우리가 할 이야기는 아니다. 그러나 그 동료가 다시 활기를 되찾고 선배의 얼굴이 활짝 개며 후배가 더 없이 근무에 의욕과 재미를 느끼게 된다면 이 사람들을 보라고 누군가 구차스레 말할 필요도 없지 않은가.

법률신문, 1972. 겨울.

심리적 접근

택시 승강장에 줄을 섰는데 저만큼에서 청년 서너 명이 먼저 차를 잡아탄다. 어떻든 이런 경우는 묵인해서 안 된다는 것이 나의 변함없는 시민적 소신所信이므로 사리를 따져 막 시비가 되려는 참인데 앞자리에 탔던 일행 한 명이 살짝 내려서더니 "매우 부끄럽습니다. 그러나 지금 와서 모두 차에서 내린다는 것도 어색하고 마침 몹시 바쁜 일도 있고 하니 이번만 양해해 주시면 앞으로는 절대 이런 일이 없을 것입니다."라고 하는 것이 아닌가. 술기운이 있는 것으로 보아 얼마쯤 속는 기분도 들었으나 더 이상 어떻게 할 수도 없어 그냥 보내고 말았는데 가만히 생각해 보니 이것은 그가 따져 드는 사람의 사리事理 지향적指向的 성향을 재빨리 알아채고 가장 효율적으로 접근하여 성공한 예인 것 같았다.

직업상 쌍방고소사건 같은 것을 처리하다 보면 사람의 심리에 대한 조그마한 이해가 분쟁의 해결에 크게 도움이 된다는 것을 알게 된다.

서로 잘했다고 한 치의 양보도 없이 다투던 사람들을 한 사람씩 따로 불러놓고 "선생님 말씀이 옳습니다. 그러나 형벌법규란 잘한 것을 문제로 하는 것이 아니고 잘못한 점만 따지는 것이니까 이번엔 벌금이라도 좀 내셔야겠습니다."라고 하고, 다른 한 사람에 대하여도 "선생님 말씀도 옳습니다. 그러나 역시 잘못이 없지는 않군요."라는 식으로 이야기해 보면 당사자가 의외로 쉽게 승복하고 고소도 취소하는 경우를 보게 되는데 이것은 결국 사람들은 아무리 잘못한 경우라 할지라도 자기 행위의 정당성을 인정받고 싶어 하는 일면의 심리가 있기 때문이다.

시장이나 버스 안에서 일어나는 대부분의 싸움을 보아도 마찬가지이다.

"이 양반이 누굴 촌놈으로 아나?", "여자라고 너무 그렇게 무시하지 마세요."라고 하는 등의 말 가운데는 은연중 자신의 처지와 신분에 대한 일종의 열등감이 작용돼 있는 것이고 상대방이 조금만 이런 데 대한 배려를 한다면 분쟁은 처음부터 그렇게 확대되지 않을 수가 있다.

당연한 말이지만 상대방의 심리에 대한 이해와 통찰이 선행되어야 한다는 이러한 상식은 오늘날 우리 사회의 노사분규, 학내문제, 국민통치 그 밖의 모든 분야에서 그대로 타당하다고 생각이 된다. 자기 쪽에서만 생각할 것이 아니라 상대방이 무엇을 원하고 무엇을 아파하고 있는가를 항상 생각할 일이다.

매일신문, 1980.3.27.

대학 앞에서,
4월에

　다시 눈부신 4월이 왔다. 봄을 맞아 활기를 찾은 대학과 거기 진지한 낯빛으로 서 있는 학생들의 모습을 바라보면서 20년 전의 4월 어느 날 강의실을 뛰쳐나가던 나와 내 친구들의 모습을 되새겨 본다.

　진작 그랬어야 할 일이지만 오늘의 대학가에서는 무엇보다 우리의 민족문화에 대한 관심과 연구가 활발한 것이 감명적이다. 동학사상이 깊이 연구되고 판소리, 탈춤 등이 빈번히 공연되는 것을 보면 괜히 마음이 뿌듯해진다. 어느 편이냐 하면 그때의 우리는 서구문화의 습득과 그 모형의 답습에만 열을 올리고 있었으니까.

　민중과 역사, 분단현실, 제3세계의 문제가 자주 논의되는 것도 일단은 바람직한 일이라 생각된다. 가난한 이웃, 고통 받는 사람들을 도외시한 부와 문화, 역사란 도대체 무의미하다는 주장도 많은 사람들이 수긍하고 있다.

　그러나 그럼에도 불구하고 일부의 사람들이 과도히 자주 '민중'이나

/ 착한 교류가 그립다

'민족'이란 낱말을 원용하고 학생들이 이따끔 '해방'이니 '투쟁'이니 '처형'이니 하는 말들을 해댈 때, 대다수의 국민들은 일종의 위화감違和感이라고 할까 불안감을 느끼고 있는 것이 또한 사실이다.

걱정스러움을 느낀다고도 볼 수 있고 설득력이 적다고도 할 수 있다. 왜 그럴까?

나는 그 하나의 이유로 학생들의 경우, 특히 주장 그 자체의 성실성·필연성과 관련이 있다고 생각한다. 가슴 밑바닥에서부터 끓어 나오는 어쩔 수 없는 이야기가 아니라 그저 머리나 입으로만 말하는 일이 가끔은 없지 않은 것 같다. 어떤 개인적 동기 또는 일종의 지적知的 유행에 따라 하는 말에 사람들은 그리 쉽게 감격하지 않는다. '헤겔'을 읽지도 않고 '마르쿠우제'부터 들고나오는 학생들의 이야기가 취약할 수밖에 없음은 자명하다.

또 하나의 이유로는 우리의 자유민주적 기본질서에 대한 고착관념이 의외로 뿌리 깊다는 사실이다. 이것은 단순한 타성이나 계급의 이익, 또는 기존질서의 옹호라는 차원에서만은 아니라고 생각한다.

그것은 지켜야 할 명백한 가치이기 때문에, 또 사람들은 자칫 내외의 '자유의 적敵'들에게 구실을 줄지도 모를 혼란의 요인들을 그 주장 속에서 감지感知 하였기 때문에 본능적으로 걱정스러움을 느끼는 것이다.

성실하게 공부하면서 사려 없는 집단행동을 하지 않을 것을 이 4월에 많은 국민들은 바라고 있음이 확실하다.

매일신문, 1980.4.3.

■
■

전복위화 轉福爲禍

　이것은 근간에 있었던 일이다. 'ㅂ'이란 청년은 근본은 괜찮으나 다소 불량성이 있어서 한두 번 유치장 신세를 진 일도 있는데 이번에 다시 술김에 사람을 때리고 기물도 부숴 영장이 신청되어 왔다. 사람을 구속한다는 것은 신중을 요하는 일이므로 검토를 거듭한 끝에 본인이나 가족들의 회오와 탄원의 빛이 기록상으로 역연하고 또 마침 피해자 측과 합의도 되었으므로 불구속으로 처리하도록 하였다. 그런데 약 보름 후 그 사람에 관한 기록이 송치되어 본인을 출석도록 연락하였더니 이 바로 일주일쯤 전에 오토바이 사고로 죽었다는 것이 아닌가. 흔한 예는 아니지만 이렇게 되고 보니 차라리 그때 사람을 구속했더라면 죽는 비운까지는 당하지 않았을 것이 아닌가 하는 회한이 엄습해 옴을 어쩔 수가 없었다. 간통죄는 친고죄이므로 당사자의 의사를 존중한다. 그래서 우리는 대개 처분 전에 고소인인 배우자에게 바람난 남편, 또는 아내를 한 번쯤 용서하는 것이 어떻겠느냐고 권유해본다. 그 편이 실질적 정의에도 맞고 사건의 처리상으로도 편하기 때문이다.

그런데 예컨대 그렇게 하여 가정으로 돌아간 부부의 불화가 전보다 더욱 심각해져 마침내 어느 일방이 치유될 수 없는 정신병에 걸리고 말았다거나 또는 싸움 끝에 한쪽이 다른 한쪽을 살해하는 끔찍한 결과가 일어났다면 어떻게 될까?

나는 이따금 지하도에 웅크리고 있는 앵벌이 소년이나 거짓말을 하면서 재기의 사업자금을 얻으러 다니는 타락한 사람을 볼 때 비슷한 곤혹을 느낀다. 또 사회적으로 용서받지 못할 죄를 범한 사람들이 자신에 대한 용서를 호소하거나 주위에서 그런 기운이 돌 때도 비슷한 느낌을 가진다.

우선은 본인에게 도움이 됨직한 처분이 먼 장래를 볼 때에는 오히려 본인에게나 사회 전체를 위하여서 화禍로 작용할 수도 있는 것이다.

사람을 벌준다거나 그 사람에게 가혹하다는 것은 심히 어려운 일이다. 그러나 그에 못지않게 사람에게 관용을 베푼다는 것도 매우 어려운 일임을 세태를 보면서 점차 통감하게 된다.

매일신문, 1980.4.11.

싸움의 윤리

　서부영화를 보면 뒤에서 총을 쏘는 것을 가장 비열한 짓으로 치고 있다. 서양문화를 결투의 문화라고 하는 사람이 있을 정도로 그들은 대등한 무기로 정정당당히 싸우는 전통을 가지고 있다.

　그런데 우리의 경우에는 과거부터 대등한 조건으로 싸워 승리를 쟁취하기보다는 각종 음모와 술수, 편법으로 목적을 달성하려는 경향이 매우 강했던 것 같다.

　그렇긴 하나 우리가 어릴 때만 하여도, 예컨대 힘깨나 쓰는 사람들이 서로 패권을 다툴 때는 깨끗한 '맞상대'로 우열을 가리는 일종의 낭만이 남아있었던 것으로 기억하는데, 언제부터인지는 몰라도 지금은 대등한 상황에서 싸우는 것이 아니라 가능하면 우선 상대방이 모르는 새에 '공작'을 하여 그 세勢를 꺾어버리고, 불가불 대결을 하더라도 먼저 기습을 가하여 칼로 찔러버리는 식의 비정한 모습으로 변하고 말았다. 세상이 그만큼 '소피스트케이팅'되기도 하였지만, 문제는

80

/ 착한 교류가 그립다

목적을 위하여서는 수단과 방법을 가리지 않는 그 타기해야 할 풍조에 있다고 생각이 된다.

한때 '무한정치無限政治'란 용어가 있었지만 비단 정치의 세계뿐만 아니라 개인 간 또는 집단 간의 모든 경쟁에 있어서 일방은 한정된 윤리적 방법만을 사용하는 데 반하여 타방은 무한대의 수단과 방법을 동원하게 된다면 그 싸움은 결과의 여하에 불구하고 우리가 승복할 수 있는 '페어플레이'라고 할 수는 없는 것이다.

법정에서도 그렇다. 사선변호인도 선임하고 마구 법정 외 공세도 펴는 '가진 자'와 전문적인 법률지식도 없이 그저 갈팡질팡하는 '안 가진 자'의 싸움은 출발부터 대등할 수가 없는 것이다. 다행히 이런 경우는 직업적 법관이나 공익을 대표하는 검사가 있어 얼마라도 그 불균형을 시정하려고 노력을 하지만 그 밖의 경우에는 아무래도 싸움을 지켜보는 관중이, 국민이 최종적인 심판을 할 수밖에 없다.

대등치 않은 무기를 사용하여 얻어낸 승리, 비윤리적인 방법의 승리란 무용하다는 것을, 아니 그것은 처음부터 도대체 승리일 수가 없다는 사실을 일깨워줄 필요가 있는 것이다.

오늘의 이른바 민주발전이란 것도 따지고 보면 이러한 윤리의 회복, '페어플레이' 정신의 정착화 과정이 아닐까 생각해본다.

매일신문, 1980.4.18.

독수공방 서설

1 　그의 방에는 헐렁한 '캐비닛' 하나와 볼품없는 탁자 한 개, 그리고 물 주전자와 소형 '텔레비전' 한 대가 있다. 방은 안정감도 별다른 애착도 없지만 이만한 여관방을 하숙으로 잡은 것만 해도 그는 다행으로 생각하고 있다. 주말에는 대개 집에 가지만 평일에는 주로 저녁 시간이 고민스럽다. 저녁밥을 일일이 사 먹는 것도 그렇지만 특히 퇴근 후 8시 무렵까지가 제일 따분하고 자신이 초라하게 느껴진다. 그는 이따금 언제까지 이 생활을 계속할 것인가로 고민하기도 한다.

2 　그는 약간 날림집의 한옥에 하숙을 정하고 있다. 반찬이 영 입에 맞지 않고 주인도 뒤퉁스럽지만, 그의 봉급으로는 이 이상의 고급집을 바랄 수도 없다. 가끔 옆방의 허 선생·조 주사와 함께 장기도

/ 착한 교류가 그립다

두고 소주잔을 나누기도 하지만 주머니가 빤하여 마음 놓고 놀러 다닐 형편은 아니다. 다방에나 가 텔레비전을 보다가 아는 사람을 만나면 차를 공짜로 얻어 마실 때도 있다.

3 그가 기거하는 집은 명색이 관사라고 지은 황량한 목조 건물. 쥐가 많고 보수할 곳도 있지만 일이 거창하여 우선 그냥 지내고 있다.

냉장고도 하나 있고 식사 문제도 그럭저럭 해결하였지만, 여자와 아이들이 없는 집은 어쩐지 쓸쓸하기만 하다. 그는 꽤 허점이 없는 사람이지만 때로 까닭 없이 맥없는 모습을 보여줄 때가 있다.

이들은 모두 30대 후반에서 50대에 이르는 공무원들. 버젓한 처자식이 있지만, 가족들을 데리고 다닐 형편이 못 되어 본의 아닌 독수공방을 하고 있는 사람들이다. 교육 공무원이 제일 많고 우체국장·경찰 간부·시장 또는 그보다 더 높은 사람들도 있다.

때로 아이들의 공부도 걱정되고 아내의 또 다른 독수공방에 대하여 미안한 감도 느끼지만, 어느덧 그들은 이러한 생활에 익숙해져 있다.

그러나 이러한 독수공방 - 이원적二元的 신 독수공방新獨守空房이라고나 할까 - 을 해소할 책임이 아무에게도 없다고는 할 수가 없다.

먼 훗날의 이야기겠지만, 교육제도가 도시 농촌을 가릴 것 없이 완전히 평준화되고 공무원 복지제도가 대폭 정비된다면 예컨대 8만쯤 되는 독수공방이 1만쯤으로 줄어들 수는 있지 않을까 생각해본다.

매일신문, 1980.4.25.

믿을 수 없는 것
총설

텔레비전에 나오는 그 여자, 코가 마치 그리스 조각처럼 매끈하다고 생각했는데 알고 보니 성형수술을 했단다. 주름살 하나 없이 예쁜 얼굴, 부풀어 보이는 가슴도 같은 이유로 전부는 믿을 것이 못 된다고 들었다. 백화점 코너를 장식한 아름다운 꽃과 덩굴들, 호텔 유리문 밖의 멋진 폭포수, 바위나 공원 산책로 변에 운치 있게 놓인 나무 등걸의자 따위가 자연 진품인 것으로 속아본 경험을 누구든 한두 번쯤은 가졌을 것이다.

직업상 비교적 자주 각종 '가짜, 부실不實'들과 접하는 관계로 나는 이러한 믿을 수 없는 자연이외에도 각가지 결단코 믿어줄 수가 없는 물건, 상품들에 관하여도 많이 안다.

가짜 스위스제 시계, 국산에 미제 상표를 붙인 비타민, 엉터리 알래스카산 녹용, 몸 약한 사람들이 즐겨 찾는 중국제 요사모사환丸, 남대문 시장에서 감쪽같이 왔다 갔다 하는 나폴레옹이나 시바스 리갈

등에서, 외견상은 틀림없는 은행도 어음이나 당초 운명적으로 결제될 수 없도록 발행된 딱지 어음에 이르기까지 나는 지난 1년여 동안에만 도 정말 눈물이 꽉 쏟아질 만큼 많이 우리의 놀라운 믿을 수 없는 물건들을 직접 대했다.

사람들은 또 어떤가. 처음엔 평생을 믿어도 좋을 것 같았던 집단의 대표나 거룩한 인사들이 어느새 머리와 입이 따로 노는 불가해_{不可解}한 이중의 모습으로 변한 것을 우리는 너무나 자주 보아왔다.

최근에 운전사 아저씨들까지 싱글벙글 웃는 가운데 끝난 저 신성한 행사에서도 정말 믿을 수 없는 것은 사람의 마음이라고 느낀 분들이 분명 한둘만은 아니었으리라고 생각된다.

그러므로 이러한 갖가지 믿을 수 없는 것들의 홍수 속에서 우리는 마침내 속지 않을 지혜, 환멸과 실망을 미연에 방지할 슬기를 각자가 나름대로 터득해 가고 있는 것이 아닐까.

도시에서 외견상 아름다워 보이는 자연에 대하여는 일단 낭만적 기대감을 버리고 살펴보라.

물건을 특히 품질 위주로 고르고자 할 때는 자기 손으로 외국(단 홍콩이나 뉴욕의 중국인 거리는 제외)에서 들고온 것이 아닌 한 일단 국산 중에서 신용도가 가장 높은 것을 택하라.

공중 앞에서 근사한 말로 집단의 이익과 발전을 운위하는 사람에 대하여는 우선 큰 기대는 말되 차라리 그 사람의 충정을 이해하고 내 처지에서 그의 약속이 이행될 수 있도록 도와주는 방법을 강구하라.

이것은 내 나름대로 지니고 있는 각종 믿을 수 없는 것들에 대한 역설적 대비책이다. 온 세상이 믿을 수 없는 것으로 꽉 차 있다고 믿는다는 것은 정말 슬픈 일이다.

아, 보이는 것은 무엇이든지 믿을 수 있고 말하는 것은 무엇이든지 이룩될 수 있다고 믿어도 좋은 우리 대한민국까지는 아직도 많이 남은 것일까.

매일경제, 1985.3.5.

/ 착한 교류가 그립다

영역 존중

　예컨대 첨단을 걷는 반도체 생산업체에 시골 중학교의 물리 선생 한 분이 찾아오셔서 반도체의 원리와 개발방향 등에 관하여 'ㄱ ㄴ ㄷ' 같은 말씀을 해온다면 그 업체 관계자들은 이를 어떻게 받아들일까.

　가끔 있는 사례로 생각되지만, 전문의를 찾아온 환자나 그 보호자가 의사 선생의 처치에 불만을 품고 그런 경우에는 의학상 이러이러한 처치를 해야 한다고 들었는데 그런 조치를 못 한 것은 결국 의사 선생님의 잘못이 아니냐고 따져 들 때도 마찬가지의 곤혹스러운 문제가 야기될 것으로 생각한다.

　검사로서 형사 사건을 다루면서도 가끔 비슷한 경우를 본다. 이를테면 처벌 법규의 엄격한 해석상, 또는 '합리적 의심의 여지가 없을 것'을 요구하는 증거법의 원칙상 부득이 고소된 사건을 불기소할 수밖에 없다고 사안을 설명해 주는데도 사건 관계인 중에는 육법전서의 법조문까지 들이대면서 그것은 명백히 사기이고 배임인데 어째 불기

소냐고 전문가적(?) 주장을 펴오는 분들이 있다.

교사들에게 선생님의 교육방식은 틀렸다고 감히 방언放言하는 학부모들이나 미장공에게 일을 시켜놓고 일일이 전문가 이상의 간섭을 하시는 사장님도 우리 주변에서는 흔히 볼 수 있다.

말하자면 이처럼 영역 외의 비전문가가 전문가의 영역에 속하는 사항에 관하여 오히려 전문가적 용훼를 하는 사례가 우리 사회의 각 분야에서 의외로 자주, 또 널리 발견되는데 문제의 일인一因이 있는 것이다.

영역 밖에서 바라보는 눈이 때로 신선할 수가 있고 비전문가의 견해가 이따금 정곡을 찌를 때도 있을 것이다. 그러나 그것은 어디까지나 비전문가적 수준에서 일회적, 우발적으로 그럴 수가 있다는 것이지 결코 모든 경우에 보편적일 수가 없음은 자명한 이치다.

단편적으로 얻어들은 지식이나 상식적으로 생각해낸 견해가 어떻게 다녀간 그 분야에서 훈련을 쌓고 그 방면의 연구에만 전념해온 사람들의 그것과 질적으로 같을 수가 있단 말인가.

영역 밖의 비전문가로서는 그 사회가 용인하고 있는 절차와 방식에 따라 정중히 그의 의견을 개진, 반영할 일이고 결코 일을 쉽게 생각하여 경솔히 단정하거나 자기가 나서면 문제를 당장에 해결할 수가 있다는 식으로 안이하게 접근해서는 안 될 것으로 생각한다.

민주사회에서는 각자에게 맡겨진 영역이 있다. 그리고 사회의 질서유지와 균형적 발전은 각자가 그 영역을 존중하는 데서 비롯된다고 말할 수 있다. 각자의 영역을 더욱 존중하라. 전문가의 일은 전문가에게 맡겨라. 그것이 민주주의와 분업의 논리이자, 윤리이기도 하기 때문이다.

매일경제, 1985.3.

주는 것 없이
미운 경우

　사회생활을 하다 보면 대중매체에 자주 등장하는 인물이나 조직체 내의 특정인에 대하여 공연히 밉다고 하는 사람들을 흔히 보게 된다.

　물론 그 정도에는 차이가 있어서 단순히 '기분에 맞지 않는다'에서 부터 '생리적으로 싫다', '어쩐지 혐오감이 든다'고 하는 경우가 있고 한 걸음 더 나아가서 아예 '주는 것 없이 밉다'고 하는 약간은 극단파에 속하는 사람들도 있다.

　그리고 이런 경우일수록 그 계기가 되는 미움의 사유는 표면적으로 는 매우 단순한 것이어서 예컨대 그 사람의 목에 너무 힘이 들어가 있다든가 옷차림을 포함한 인상 자체가 좋아 보이지 않는다든가 또 는 얼굴의 특정 부위가 자기 마음에 들지 않는다는 따위의 하찮은 이 유를 대는 것이 보통이다.

　사람을 좋아하거나 싫어한다는 것은 일단 논리의 문제라기보다 감 정의 문제이니만큼 사실 이런 류類의 감정에 무슨 뚜렷한 이유가 있는 것은 아니고 또 꼭 이유가 있어야 할 성질도 아닐 것이다.

그러나 오늘날처럼 여러 사람이 얽혀서 좋든 싫든 어떤 관계를 맺고 공동생활을 영위해 나가자면 이처럼 싫어하는 사람이나 싫어함을 당하는 사람이나 모두 이런 식의 원시적인 그러나 어떻게 보면 매우 치명적인 느낌을 그냥 방치하고 지날 수만은 없다고 생각된다. 말하자면 사회 내에서의 효율적인 거래나 경영 또는 널리 원만한 다스림이 이루어지자면 사람들의 이러한 심리적 요인도 결코 무시할 수가 없는 것이며 그 요인은 어떻든 쌍방이 함께 극복해야 할 하나의 장애가 되기 때문이다.

먼저 미워하는 사람들 쪽을 보자. 대개 별다른 이유가 없다고들 하지만 실상 그 심리의 밑바닥에는 상대방에 대한 저열한 시기나 열등감 또는 일종의 심리적 투사(projection)와 같은 부정적 요소가 결코 없다고만 할 수 없을 것이다. 상대방의 지위나 인물 또는 조직 내에서의 업적이나 인기가 분명 두드러지고는 있는데 나로서는 어떻든 그의 우세와 권위를 인정하고 싶지가 않다고 생각될 때 일종의 미움의 감정이 촉발되는 것이 아닌가 한 번 반성해볼 일이다. 남을 인정하고 밀어주기보다 '과거에는 별것이 아니었는데'라고 생각하면서 자기도 그에 못지않은 인물임을 과시하는 데 익숙한 사람들이 우리 주변에는 흔히 있기 때문이다.

다음 미움을 받는 쪽은 어떨까. 무엇보다 논리적으로는 수긍할 수 없는 일이지만 앞서 말한 바와 같은 심리적 요인 때문에 사람들이 자기를 싫어할 수도 있다는 사실을 항상 자각할 필요가 있을 것이고 스태프(staff)들도 그 점을 항상 깨우쳐 주도록 노력함이 당연하다고 생

/ 착한 교류가 그립다

각된다.

　성숙한 시민들이 이유 없이 남을 싫어하거나 미워하지 않고 지혜로운 관리자나 그 측근들이 이유 없는 미움도 이유 있는 것으로 받아들여 조심하는 몸가짐을 가질 때 사회가 더욱 발전한다고 믿어 틀림이 없을 것이다.

매일경제, 1985.3.

나이
먹는다는 것

가을은 나이를 생각게 한다. 나이를 먹는다는 것은 무엇일까. 패기가 없어진다는 뜻일 수도 있을 것이고, 나이와 더불어 심성이 잘아지므로 무언가 새로운 일을 도모하기에는 부적당해진다고도 볼 수 있을 것이다.

또는 매사에 우유부단하여 끊고 맺지를 못한다거나, 아무래도 감각이 뒤떨어져 참신한 아이디어를 기대하기 어렵다는 일면도 있을 것이다. 그래서인가. 5·16 직후의 비상조치법에서 한때 어떤 회의의 의장 궐위 시 최연소 순으로 그 직무대행을 한다는 규정을 두었던 것이 그럴듯하게 보이기도 했던 기억이 난다.

그러나 어떨까. 우리의 경험은 나이가 결코 사람을, 잘고 패기 없고 우유부단하고 시대감각에 뒤떨어지게만은 만들지 않고 있음을 가르쳐주고 있다. 나이는 사람을 세심하고 철저하게 단련시켜 주며, 작은 일도 신중하게 마무리하는 지혜를 터득케 해준다.

나이는 또한 일도양단一刀兩斷 식의 극단성을 자제케 해주며 전후를 생각지 않는 조급함도 늦추어 준다. 나이를 먹는다는 것은 포기가 많아진다는 의미이며, 그것은 사람들을 헛된 욕심으로부터 멀어지게 해주기도 할 것이다.

나이를 먹는다는 것은 관대해진다는 의미이며, 범사凡事를 수용受容하는 도량과 덕성을 길러주기도 한다.

나이든 사람은 공을 함부로 다루지 않으며 힘을 적게 들이고도 차분하게 핀에 접근시키는 요령을 익히고 있다.

나이는 인체의 생리에만 해당되지 않을 것이다. 기업도, 사회도, 국가도 결국 나이와 더불어 성숙하고 지혜로워져 간다고 볼 수도 있지 않을까.

그러므로 이제 불혹不惑의 연치年齒도 훨씬 넘은 이 나라에서는 패기나 참신, 투쟁만을 마냥 부르짖을 것이 아니라 세심한 신중함과 중용적中庸的 자제, 무욕과 관용, 경험에서 나오는 어른스러운 사려를 더 소중히 가꿔야 할 시점에 이르지 않았을까 하고 여의도와 광화문 부근을 바라보며 이 가을에 생각게 된다.

중앙경제, 1989.10.26.

프로정신

프로야구 선수가 체력관리나 기량 향상을 위한 노력을 게을리하면 사람들은 가차 없이 비난을 가한다. 프로 기사棋士가 바둑을 소홀히 하고 다른 일에 전념하는 모습을 보아도 사람들은 그냥 있지를 않는다. 아나운서나 연예인과 같은 소위 인기 직업인의 경우에는 반응이 더욱 예민하다.

그들은 그 분야의 우상이고 전문가이므로 그들이 전문가적 정신을 망각하거나, 우상으로서의 신비감을 잃어갈 때 사람들은 여지없이 그들을 멀리하게 되는 것이다. 기량과 인기가 떨어진다는 것은 더 이상 그 세계에서 살아남을 수 없다는 의미이므로 그들은 사활을 걸고 그들이 직업적 세계에 몰두하게 된다. 프로와 아마추어의 차이라든가, 프로 근성이니 프로 정신이니 하는 따위의 말도 그래서 생겨난 것으로 생각된다.

어찌 프로의 세계뿐이랴. 직업적 철저함이라고 할까, 전념성專念性이

/ 착한 교류가 그립다

란 뜻에서 본다면, 그것은 동기의 상업성 여하를 불문하고 모든 분야, 모든 직역職域에 공통되는 문제로 보아도 좋을 것이다.

매사의 철저함, 신명을 건 천착穿鑿과 끈기, 상식 이상의 전문적 지식과 소양, 한 가지 일에 전념하는 자만이 가질 수 있는 긍지와 소명감. 그것은 이른바 장인의식匠人意識 또는 전문가 정신과도 통하는 것이며, 흔히 말하는 한일 간 발전의 격차를 설명하는 가장 핵심적 요인의 하나라고도 볼 수 있을 것이다.

확실히 우리 사회에는 계급이나 일의 귀천과는 관계없이 이러한 전문가 정신이 결여돼 있다. 기업 주변이나 관료사회·학계·정치계를 가릴 것 없이 두루뭉술한 상식인이 다수인 데 비하여 투철한 프로 정신으로 무장된 정예는 적다고 할 수 있다. 직업윤리의 뿌리가 얕기 때문으로 볼 수도 있고 신분 보장의 울타리를 믿기 때문이기도 할 것이다. 그러나 투철한 전문가 정신과 그들의 프로페셔널한 헌신 없이는 우리 사회가 더 이상 발전할 수 없음을 우리는 함께 자각하여야 할 것이다.

중앙경제, 1989.11.9.

승복을 해야

　검사로서 사건처리를 하다 보면 법률적 상식으로는 명백한 결과인데도 당사자가 이를 승복承服하지 않아 난처함을 당하는 경우가 더러 있다. 대부분 고소인이나 피의자가 일종의 망집妄執과도 같은 확신에 사로잡혀 전문가의 판단을 액면대로 믿어주지 않는 소치이기는 하지만, 어떻든 세월이 갈수록 정의나 진실 그 자체보다 이를 상대방으로 하여금 마음으로 승복케 하는 일이 얼마나 중요한 것인가를 절감하게 된다.

　학교에서 선생님의 꾸중을 듣거나 군대생활을 하면서 기합을 받아본 경험이 누구에게나 있을 것이다. 그 꾸중이나 기합이 스스로 생각하기에도 이유가 있다고 여겨진다면 별다른 이의가 없지만, 아무리 생각해도 부당한 징벌이라고 느껴질 경우에는 위세威勢에 못 이겨 벌을 받기는 하되, 속으로는 갖은 불만과 욕설과 저항이 끓어오르게 마련이다.

조직의 관리나 나라의 통치도 전적으로 같은 이치라 생각된다. 소속 기업의 일대 도약을 위하여서라든가 국가 존망의 위기를 극복기 위하여서라든가 하는 선의와 명분이 가득 찬 구호라 할지라도 다수 구성원들이 이를 진심으로 승인하고 복종치 않는다면 한갓 부질없는 메아리로 그침이 십상일 것이다.

실제로 지난 시절 사회적 혼란과 경제적 파탄에서 국가를 보위保衛 키 위해 불가피한 조치임을 그렇게 알리고 텔레비전이 새벽부터 전국 구석구석을 다니며 좋은 일만을 하는 지도자 내외의 모습을 그렇게 보여주어도 사람들이 마음으로 승복하고 정통성을 인정하지 않았을 때 어떤 결과가 왔는지는 최근의 경험적 상황이 잘 말해주고 있지 않은가.

민주주의는 부단히 상대방을 믿고 따르게 하는 노력의 과정이다. 때로 고되고 때로는 심히 불합리하다고 느낄 때도 있겠지만, 사회성원들을 승복케 하기 위한 그러한 노력을 결코 생략할 수 없는 것이 우리 체제의 강점이자 자유민주주의의 숙명임을, 크고 작은 뜻을 지닌 모든 분들이 함께 느껴야 할 것이다.

중앙경제, 1989.11.15.

목소리

세상이 변하고 있다. 기업가든 교수든 관리든, 만나는 사람마다 이구동성으로 과거와 달라 일하기가 어렵다고들 말하고 있다.

과거란 결국 권위주의 시대를 말하는 것이고, 일이 어렵다는 것은 여러 가지 요인이 있겠지만, 요컨대 구성원들의 목소리가 커서 사업이나 학사學事 또는 정책의 집행이 그만큼 수월하지 않다는 뜻으로 풀이될 수 있을 것이다.

물론 개중에는 자신의 무능이나 안일함을 주위 여건의 변화에 지나치게 의탁依託 전가轉嫁해버리려는 경향도 엿보이고, 여건의 변화 자체를 실제 이상으로 과장하는 엄살도 없지는 않은 듯이 생각된다.

그러나 어떻든 사회의 각 분야나 조직의 성원들이 저마다 목소리를 냄으로써 과거처럼 현안의 업무가, 이를테면 '위하여', '일동 박수' 식으로 일사불란하게 집행될 수는 없게 된 것이 현실임은 분명하다.

따지고 보면 다양한 목소리가 원래 민주주의 본질과 더 가까운 듯

/ 착한 교류가 그립다

도 하고, 또 사람은 누구에게나 자기를 나타내 보이고자 하는 욕구가 있게 마련이니 그러한 현상을 무턱대고 나무라기만 할 수는 없을 것이다.

그러나 여기쯤서 우리가 다 같이 한 번 생각해볼 필요는 있지 않을까.

저마다 목소리를 내다보니 의사결정이 늦어지고 번번이 실기失機하여 마침내 회복할 수 없을 정도의 손해를 자초한 일은 없었는가. 한 목소리가 다른 목소리를 낳고, 그리하여 종내는 사람들을 걷잡을 수 없는 체념 상태에 빠지게 한 경우는 없었는가. 큰 목소리가 곧 정의인 양 선량한 다수를 오도誤導한 사례는 없었는가.

목소리는 화음을 이루면 아름답지만 소란으로 치달으면 그 자체로서 무서운 공해요, 폭력이 됨을 모두가 자각할 필요가 있을 것이다. 이제 목소리를 내는 쪽에서는 참고 자제하는 훈련을, 듣는 쪽에서는 더 이상 그러한 공해나 사회적 폭력이 자행되지 않도록 제어할 의무와 책임이 그 어느 때보다도 절실한 시점에 이르지 않았을까.

중앙경제, 1989.11.23.

탈계급 인식

대령, 준장, 소장이라든가 부장, 이사, 상무, 전무라고 하면 누구나 이해하지만 '검찰관', '고등검찰관', '검사장', '고등검사장'이라고 하면 대부분의 사람들은 생소하게 느낀다.

뿐만 아니라 부장검사와 고등검찰관은 어떻게 다른 것이며, 대검찰청의 부장이나 법무부의 국장이 어떻게 또 검사장이냐는 질문도 흔히 받게 된다.

이것은 요컨대 검사라는 특수신분의 관청을 제5공화국 초기의 몇 단계로 계급화한 결과인데, 그 당부에 관하여 지금도 법조계 주변에서 논란이 없지 않은 터다.

어떻든 80년대에 들어와서 두드러진 각종 조직의 특성 중의 하나는 새로운 자리가 많이 만들어짐과 동시에 계급(Rank)이 세분화된 점을 들 수 있을 것이다.

제도의 변화와 더불어 사람들의 의식도 변하여 과거 같으면 그냥 검사면 검사, 기자면 기자로 통칭되던 것이 이제는 평검사냐, 부장검사냐 또는 평기자냐 차장급이냐 하는 식으로 구별하여 인식하려는 경향이 농후해졌다고 할 수 있다.

물론 조직의 성질에 따라서는 엄격하게 직계제職階制를 유지할 필요가 있는 것이 있다. 또 조직관리의 활성화를 위해서는 직계 승진을 통한 동기유인도 필요하다고 생각된다.

그러나 분명한 것은 사회적 인식이나 평가에 있어서 사람이나 그가 종사하는 일 자체보다도 그의 직급의 높낮이로 매사가 가늠되는 경향은 결코 바람직하지 않다는 점일 것이다. 우리에게는 항심恒心의 직업윤리가 더 필요하지, 공리적인 계급관념이 절실한 것은 아니다.

물건의 포장이나 가격보다도 물건 자체의 내실內實이 더 중요함은 말할 필요가 없지 않은가. 인격보다도 계급으로 평가되는 사회는 효율적일지는 몰라도 분명히 인간적이거나 민주적이라고는 볼 수 없을 것이다.

계급의 몰인격성沒人格性, 그 이利와 폐弊를 정확히 이해하는 자세 위에서의 관리야말로 진실한 관리가 될 수 있음을 모든 관리자는 통찰해야 할 것이다.

중앙경제, 1989.11.30.

인재 키우기

　일본인을 처음 만난 사람들은 대개 비슷한 느낌을 가진다. 섬세하
고 인사성이 바른 것은 사실이지만 한 사람, 한 사람을 놓고 보면 대
체로 나긋나긋하고 만만하다고 할까, 우리의 같은 연배보다 특별히
뛰어나다는 감은 주지 않는다.

　완강한 거인들이란 느낌도 별로 없고, 지식이나 능력 면에서 특히
우리와 차이가 난다는 생각도 들지 않는다.

　그래서 이따금 우리의 국민적 우수성에 관해 천진한 낙관론도 나오
게 마련이지만 오늘날 한일간에 엄연히 존재하는 국력의 격차 자체에
관해서는 아무도 이를 부정하지 않고 있다.

　개인적 힘은 비슷한데 나라의 힘은 엄청나게 차이가 나게 된 요인
에 관해서는 한 마디로 설명이 되지 않을 것이다.

　역사·풍토·국민적 기질이 모두 관계가 있겠지만, 그중에서 우리는
특히 인재를 키우고자 하는 사회적 분위기의 차이를 한 번 짚고 넘어

/ 착한 교류가 그립다

갈 필요가 있다고 생각한다.

그들은 부락이나 사회·소속집단을 위한 자기희생에 특별히 훈련이 잘 되어 있음에 반하여 우리 국민은 자기 과시적 성향이 강하고 단체 훈련이 부족하다. 그들이 인재를 키우는 풍토에 익숙하다면 우리는 오히려 인재를 깎아내림으로써 자신의 지위를 돋보이게 하려는 경향이 강하다고 볼 수 있을 것이다.

사람을 평가하는 데 있어서도 '과거에 별것이 아니었는데', '군대에서 내가 데리고 있었는데' 하는 식으로 회고적 격하지향형이 많다.

인재를 만들고 키우는 데 소홀할 뿐 아니라 우리 사회의 큰 병폐 중의 하나는 인재를 너무 쉽게 소진시키는 데에도 있다고 생각된다. 대학에 그냥 있었으면 얼마든지 더 학문적 세계에 기여할 수 있는 인사를 국회의원으로, 위원장으로, 장관으로 단기성 소모(?)를 함으로써 국가적 인재를 이도 저도 아니게 만든 숱한 사례를 우리는 지난날에 보아오지 않았던가.

참으로 인재가 아쉬운 때다. 인재를 키워줘라. 그리고 아끼라. 각자를 그의 자리에 있게 하면서 지혜와 총명을 모아 오랫동안 조직과 사회에 기여하게 하라.

중앙경제, 1989.12.14.

인권론의
허실

이런 경우를 한 번 생각해 보자.

① 소매치기 전과만 네 번인데 첫 번째는 징역 10개월, 두 번째는 징역 1년 6개월, 세 번째는 징역 2년, 네 번째는 보호감호와 징역 5년이 구형되었으나 목격자를 법정에 못 나오게 하는 등 공작 끝에 결국 무죄 및 감호청구 기각.

② 영세 취업자들을 상대로 적지 않은 돈을 사취한 파렴치범이 도피해 있다가 나타났는데 방범대원의 협조까지 받아 경찰서로 동행하려는 참에 영장 제시를 요구하며 옥신각신하던 끝에 다시 도주.

③ 간첩을 검거하여 갖은 노력 끝에 막 활동의 전모를 자백하려는데 변호인이 예정에 없던 접견을 하고 나자 이후 묵비권을 행사.

이상은 일반인들의 법감정에 비추어 보면 도저히 용납이 안 되지만 피의자·피고인의 인권 보호를 위해서는 현행법상 당연히 받아들일 수밖에 없는 권리실현(!)의 사례들이다.

사실 법의 규정 자체나 인권의식만을 따진다면 우리나라처럼 선진 대열에 와있는 나라도 그리 많지 않다고 볼 수 있다.

그러기에 앞의 사례들도 추상적으로 쟁점이 되었을 때에는 보호감호 따위를 규정한 사회보호법은 악법이고, 모든 신체구속은 법관이 심사 후 발부한 영장에 의함이 너무나도 당연하며 자유의 적에 대한 자유도 보장의 예외가 될 수 없다는 논리가 오히려 여론을 주도했던 것으로 우리는 기억하고 있다.

그렇다면 사람들이 심정적으로 용납할 수 없는 위 사례들은 무엇이란 말인가. 인구의 36분의 1쯤 되는 형사 피의자나 420분의 1쯤 되는 피고인의 인권만 선진국 수준이어야 하고, 그들에 의하여 피해를 본 나머지 국민들의 인권, 언제 동일한 피해를 겪을지 모르는 잠재적 피해자인 다수 국민의 권익은 보호의 권 밖에 방치되어도 좋다는 논리는 아닐 것이다.

오늘부터 한 주간이 인권주간이라고 한다. 법의 운용도 중요하지만 이제 우리의 인권론도 형식 논리적이고 편향된 옹호론에서 보다 실질적이고 균형 잡힌 보호의 체계로 성숙·고양高揚되어야 할 때에 이르지 않았을까.

중앙경제, 1989.12.7.

마무리

 망년 모임이 많이 열리고 있다. 친목계·동창회를 비롯하여 각종 의례적인 오찬·만찬 행사들을 보고 겪으면서 우리 국민들은 대체로 일의 마무리 훈련이 부족하지 않나 하는 느낌을 가지게 된다.

 착상과 진행은 좋은데 끝마무리가 매끄럽지 못하여 행사의 효과를 반감시키거나, 초중반까지는 잘 이끌어나가다가 후반에 소홀하여 결국 투자에 비해 좋은 성과를 남기지 못하는 경우를 우리는 흔히 본다.

 사람을 초대해 놓고 초대자가 상석에 앉아 손님을 은근히 불편케 하거나, 좋은 음식과 우아한 분위기를 제공하고도 돌아가는 차편에 무신경하여 마지막 기분을 잡치게 하는 경우도 가끔 보았다.

 골프에 초청해 놓고 초청자가 목욕탕에서 제일 늦게 나오는 경우, 호스트가 손님보다 먼저 취해 쓸데없는 소란을 피움으로써 피초청자들을 난감하게 하는 경우도 더러 경험한 분이 있으리라. 즐거운 모임은 즐거운 대로, 다소 무거운 모임은 무거운 대로 나름의 분위기가 고

조되었을 때 깔끔하게 마무리하는 지혜가 필요하건만 그 타이밍을 제때에 맞추지 못하여 후회하게 되는 경우도 가끔은 있다.

공산품 수출을 하는 분의 이야기를 들으니 우리 제품의 가장 큰 약점 중의 하나가 끝마무리가 소홀한 점이라고 한다. 바둑도 끝내기를 잘해야 확실히 이길 수 있음을 두어본 사람들은 알 것이다.

마무리를 함에는 집중력과 결단력이 필요하다. 잘된 마무리가 되기 위해서는 시기에 있어서 적절하고, 방법에 있어서 정치精緻하며, 결과에 있어서도 완전해야 한다.

마무리야말로 긴장을 늦출 수 없는 전인격적 작업의 결정結晶이다. 깔끔한 마무리를 위해서는 참여자 모두의 합심과 노력 또한 요구된다. 혼신의 정성을 기울인 마무리 끝에 새로운 희망의 시작이 있게 될 것이다.

80년대가 저물어 가고 있고 때마침 온 국민의 관심이 지난 시대의 마무리 쪽에 쏠려 있다. 90년대의 새로운 도약을 예고해주는 담백하면서도 결연한 마무리가 그 어느 때보다도 소망스러운 이해의 연말이다.

중앙경제, 1989.12.21.

억새풀

제주의 가을은 억새풀로부터 다가왔다. 영혼의 흐느낌이라고 했던
가. 산굼부리 주변, 혹은 중산간도로의 기슭에서 맞닥뜨렸던 그 깃발
과도, 호곡과도 같던 화려한 억새의 물결을 어찌 잊을 수가 있으랴.

비단 가을만이 아니었다. 윗세 오름 부근의 철쭉, 팽나무가 졸고 있
던 금덕 마을의 정취, 함덕 앞바다의 에메랄드 색 물빛이나 비자림의
신선한 수풀 향기는 계절과 관계없이 끊임없이 나의 가슴을 설레게
만들었다.

일에서 얼마간 자유로울 때, 혼자서 무언가에 침잠할 필요가 있을
때, 또는 객지 생활에 으레 따르기 마련인 통속적 외로움이 찾아들 때,
제주의 자연은 우선 그렇게 나를 감동시키며 평온과 안식을 주었다.

아침 산책에서 느끼던 오라동 숲길의 싱그러움이나 목석원 나무 사
이로 빗겨 들던 햇볕의 따사로움, 사라봉 너머로 본 석양의 황홀함에
대하여도 그래서 나는 지금껏 깊은 감사와 외경을 느끼고 있다.

사실 3년 전 6월 처음 승진하여 이곳 검찰청에 부임한 후의 몇 개월 동안 나는 거의 제주의 자연에 취할 겨를도 없이 일에 몰두했던 터였다.

제주의 민심과 풍토를 익히고 직장 가족들과의 끈을 다지며, 이 지역에서 내가 해야 할 책임과 역할에 관하여 나름대로 최선을 다했어야 할 뿐만 아니라 퇴근 후에는 또 그때까지 미뤄두고 있던 학위 논문에 매달려 거의 숙소에만 틀어박혀 있어야 할 사정이었다.

그러던 어느 날(물론 논문을 완성하고 공무로부터도 얼마간 여유가 생긴 후이지만) 문득 억새풀로부터 제주의 아름다움을 다시 발견하고 나는 걷잡을 수 없이 이곳에 빠져들기 시작한 것이다.

생각하면 얼마나 달콤한 탐닉이었던가. 겨울이 가고 봄이 오고. 그러는 새 제주에 친숙해진 나는 서서히 제주의 자연만이 아닌 역사와 한, 그리고 사람들에 대하여도 다시 느끼기 시작하였다.

가짜 돌하르방과 진짜 돌하르방을 구별하게 되었고, 사람들의 무표정 뒤에 숨은 표정을, 그들의 유순함 속에 감춰진 강인함을 읽게도 되었다. 호오好惡를 쉽게 표출하지 않는 지혜와 일을 서둘지 않는 느긋함의 이유를 부분적으로나마 이해하게 된 것은 또한 얼마나 다행한 일인가.

유배나 핍박의 한이 서린 유적지 부근의 분위기, 몇몇 마음 맞는 사람들과 소주잔을 기울이며 인문人文을 논하던 저녁 시간, 직장후배들과 시시덕거리며 산과 포구로 다니던 휴일의 기억이 그래서 모두 새록새록 소중하기만 하다.

생각하면 제주는 참으로 내게 많은 것을 주었다. 일에 대한 순수한 헌신 이외에도 나는 이곳에서 제법 많은 것들을 읽고 들었으며 또 몇 안 되는 소중한 친구도 얻었다. 지천명에 가까워져 내 삶을 다시 돌이켜보게 되었고, 역사의 흐름에 대하여 진지하게 생각해 보는 계기도 경험하였다. 소주 실력이 는 게 흠이라면 흠이랄까.

아아, 잊을 수 없는 제주. 너는 내 마음에 영원히 살아있으리라.

제민일보, 1990.9.26.

의연 지키기

세상살이를 하다 보면 시속말로 '잘 갈 때'도 있고 '잘못 갈 때'도 있다. 역사가 그렇듯이 인생살이나 집단의 형성, 발전에 있어서도 상승 국면이 있는가 하면 하강의 국면도 있게 마련이기 때문이다. 국면이 상승세일 때는 좀 겸허하게 몸가짐을 갖도록 유의하기만 하면 큰 탈이 없겠지만, 하강세에 있을 때에는 누구나 몸가짐이 여간 어렵지 않다.

기죽지 않으려고 너무 허리를 곧추세우면 자기 처지도 모르고 아직도 어깨에 힘이 들어있다 할 것이고, 몸조심 한답시고 너무 자세를 낮추면 남 보기에는 비굴하고 처연凄然하게 보이기가 십상일 것이다.

실제로 대부분 사람들이 그의 시대가 끝났다고 생각하는데도 당사자 본인은 여전히 과장되고 촌스러운 몸짓을 하고 다니는 예가 있는가 하면, 시대 상황이 바뀌었을 뿐 사람의 가치에는 조금도 변화가 있을 수 없음에도 불구하고 불필요하게 기죽고 위축된 모습을 보이는 선배나 후배들도 우리는 자주 보게 된다.

'잘못 갈 때'라고 할까, 하강국면에 있어서의 바람직하지 않은 모습의 첫째는, 역시 세상이 엄청나게 변하고 있는데도 사세 판단을 객관적으로 냉철하게 하지 못하고 무언가 자기 본위의 환상에 빠져 주로 비생산적인 회고담懷古談에 치우치는 경우이다.

매사에는 어느 정도의 시간이 필요함에도 불구하고 국면회복과 자기현시自己顯示에 지나치게 초조함을 들어내는 경우 또한 우리를 딱하게 느끼게 한다. 균형감각을 잃고 분수에 어긋나는 처신을 하는 이들도 건전한 시민의 시각에서는 아름답게 보이지를 않는다.

결국, 사람이나 상황에 따라 바람직한 덕목德目이 다를 수는 있지만, 영남 사림士林의 전통까지를 감안한다면 이런 경우에 가장 바람직한 모습은 일종의 당당함 내지 의연毅然함이 아닐까 생각하게 된다.

느긋하게 세상을 살필 줄 아는 여유, 조그마한 물결에 휩쓸리지 않는 기개氣槪, 균형과 기품을 잃지 않고 태산고악泰山高嶽 같이 자신을 지킬 줄 아는 슬기와 넉넉함. 이런 모습이 어려울 때 스스로의 몫과 자리를 아는 참 현자賢者의 자태가 아닐까 생각해 보는 것이다.

1993년 3월, 대구지검장에서 대검 중앙수사부장으로 내키지 않게 자리를 옮긴 다음 통상적으로는 예상키 어려운 상황에 따라 검사직을 사임하게 된 직후 내가 느꼈던 1차적인 곤혹스러움도 바로 그러한 의식에 연유한 것이었다.

이야기하자면 제법 긴 사연이 가능하겠지만, 문제는 나의 그러한 모습이 그때의 상황에서 객관적으로 어떻게 비치겠느냐에 있었다. 나를 모르는 평균적 제3자를 포함하여 누구의 눈에도 구차스럽게 보일 수는 없었다. 결국, 나는 이것을 내 힘만으로는 어떻게 할 수 없는 하나의 섭리이자 커다란 명命 같은 것으로 받아들이기로 하였다. 소극적인 감인堪忍이 아니라 적극적인 수용受容. 그렇다. 의연한 받아들임. 해석 여하에 따라서 이것은 하늘이 내게 위난을 피하고 새로운 자기충전을 하도록 부여한 절호의 기회로도 볼 수도 있었다.

환멸과 함께 새로운 자유에의 기대도 있었다. 앞으로 딱 2년만 그동안 딱딱해진 머리를 비우고 새 바람을 집어넣어 보자고 결심한 결과가 그해 가을학기부터 시작한 미국 스탠퍼드(Stanford)대에서의 1년 4개월과 일본 게이오慶應대에서의 6개월에 걸친 방문연구원(Visiting Scholar) 생활인데, 퇴수退修라고 할까 만수晩修라고 할 그 기간 내내 스스로 부단히 다짐했던 것도 바로 나름대로의 의연함이었다.

그러나 국내에서든 그보다 보는 눈이 적은 해외에서든, 구차하거나 비굴하게 보이지 않고, 그러면서도 허세여서도 안될 그런 의연함을 지키기란 실상 말처럼 쉽지가 않았다. 돌이켜보면 법조에 입문한 지 29년, 검사로서 25년을 지내는 가운데 딴에는 겸허한 몸가짐을 지키려 노력해왔지만, 모르는 새 몸에 밴 굳고 단단한 관료의 틀을 우선 깨는 것이 선결과제였다.

틀을 깨어 평균적 시민의 감각을 하루빨리 익히는 일과, 전직 검찰 고위간부로서의 일종의 품위를 지키는 일이 쉽게 조화될 수 없음은 어쩌면 당연한 사리인지도 모른다. 이를테면 이국異國에서 국산 소나타 차를 끌고 3불짜리 햄버거로 점심을 때우며 복장이나 의식은 아직도 고전적 공무원의 틀을 못 벗어난 내 모습을 한 번 상상해 보라.

그것은 한편의 추억거리가 될 법도 하지만, 그 불필요한 긴장이 어쩌면 우스꽝스럽고 어쩌면 약간은 눈물겨운 모습이었는지도 모른다.

그러나 어떻든 나의 때 묻은 가족과 친구, 그리고 의리있는 동문들의 이해와 정의情誼 덕분으로 내 꼴같잖은 의연 지키기 모습이 크게 비웃음 받지 않고 지천명知天命 나이에 시작한 해외 체류를 마칠 수 있었던 것을 지금도 나는 깊이 감사하고 있다.

1995년 7월, 귀국 후 변호사 사무실을 내지 않고 대학 쪽을 선택한 것도 따지고 보면 역시 내 서푼짜리 의연 지키기 노력의 일환임을 고백지 않을 수 없다. 변호사도 좋은 직업임에는 틀림없지만, 나 같은 결벽潔癖의 한정 능력자가 당사자의 의뢰나 보수에 얽매여서는 아무래도 제대로 의연한 법률가의 구실을 할 것 같은 자신이 없었기 때문이다.

생각건대, 특정인의 의연함 여부는 일상적 의미의 생활수준이나 비용지출과는 무관함이 분명할 듯하다. 주로 전철을 타고 서민식당에서 순두부 따위를 사 먹으면서도 얼마든지 의연하게 보이는 사람이 있는가 하면, 안락한 대형승용차에 호텔식당만 이용하는 사람 중에도 천박한 인사人士를 우리는 수없이 본다.

그러나 의연한 사람에게는 지혜가 전제된다. 꾸미지 않은 예지, 몸에서 저절로 풍겨나는 덕과 기품이 사람을 의연하게 보이게 한다. 사물을 객관적으로 조망할 줄 아는 혜안慧眼과 여유야말로 의연함을 지키게 하는 요체要諦일 것이다.

의연함은 또한 선비다운 이상 지향과 고고孤高함에서 온다. 속된 현실타협이나 출세 지향적 분주는 필경 사람을 의연하지 못하게 보이게 할 것이다.

그러나 어느 누구의 의연함도 그냥 주어지지는 않는 것임을 우리는 또한 경험으로 안다. 그것은 끊임없는 자기쇄신의 의지와 노력 속에

/ 착한 교류가 그립다

서 '이루어가는 것'이지, 일시적 가장假裝이나 의식적 모방으로 '얻어지는 것'이 아님이 분명하다. 그렇다. 의연함의 경지란 그렇게 어려운 것이다.

그렇다면 이제 나의 의연함은 어디쯤에 있는가. 원래 부족한 사람이 어찌 군자처럼 쉽게 의연할 수 있기를 바라랴. 언제나 충분히 의연치 못하면서, 그러나 끊임없이 의연하고자 애쓰는, 그래서 남 보기에 조금은 덜 구차해 보이면 그저 다행으로 생각하는 그런 상대적 의연 지키기의 수준 정도가 아닐까.

경맥포럼, 1996년 봄호.

제3부

응시 凝視

법치 해치는
정치 지도자들

우리나라의 경쟁력을 경제협력개발기구(OECD)에 속한 다른 나라와 비교해보면 정부의 전문성이나 기업 효율성 등은 평균 수준에서 별로 뒤지지 않으나 법치 수준은 크게 떨어지는 것으로 나타난다. 예컨대 세계은행이 2009년 6월에 발표한 각국 통치지표에 따르면 대한민국의 법치 수준은 100점 만점에 74점으로, 다른 OECD 국가 평균이 90점을 웃도는 데 비하면 부끄러울 정도로 낮게 평가되고 있는 것이 현실이다.

그리고 한국법제연구원의 한 연구보고서에 의하면 실제로 우리 국민도 '우리 사회에서 법이 어느 정도 잘 지켜지고 있다고 생각하느냐'는 질문에 약 63%가 '잘 또는 전혀 지켜지지 않는 편이다'고 응답한 것으로 나타나고 있다.

우리 사회에서 국민의 법질서에 대한 준수의식이 서구보다 낮은 원인에 관해서는 흔히 법보다는 도덕과 예禮를 앞세우는 유교 문화적 전통과 일제의 식민지배나 과거의 권위주의 정부를 거치면서 키워진 일종의 반反실정법적 풍조를 들고 있다. 그러니까 다수 국민의 의식 속에는 법이 국민대표가 모여 만든 자발적인 약속이니까 지킨다기보다 그 내용이나 집행이 도덕적으로 수긍되고, 권력자의 사적 욕망이 배제된 공평한 것으로 믿기 때문에 일단 지킬 수밖에 없다는 생각이 그 바탕에 있다고 봐야 할 것이다.

이렇게 본다면 올해 들어 검찰이 8개월이나 지난 조사 끝에 범죄혐의 없다는 처분을 내린 대통령의 내곡동 사저부지 매입사건 수사 결과 발표나, 국회는 임기개시 후 7일에 최초의 개회를 한다는 국회법의 명백한 규정에도 불구하고 양대 정당의 정략적 다툼 끝에 1개월이나 지나서 겨우 문을 연 우리 국회를 보면서 국민이 어떤 생각을 했을지를 짐작하는 것은 전혀 어려운 일이 아니다. 국정의 최고 책임자인 대통령의 가족도, 국민의 의사와 이익을 대표하는 국회도 법을 우회하거나 위반하는데, 힘없는 보통 국민이 어떻게 모든 법을 고지식하게 다 지킬 수 있겠느냐고 생각하는 것이 대다수 국민의 정서일 것이다.

한 경제단체의 조사 결과 우리 사회에서 법질서를 가장 안 지키는 기관·단체에 대한 물음에서 국회와 정치권이 44%, 검찰·경찰·사법부가 13%로 나타났다는 보도나, 지난해 한 언론기관이 우리 사회의 공존을 저해하는 가장 큰 요인을 물었을 때 조사 대상자의 41%가 지도층의 부도덕을 꼽고, 59%가 현재 우리나라에 믿고 따를 만한 지도자가 없다고 응답했다는 내용도 결국은 같은 맥락일 것이다. 기획재정부가 각계 전문가에게 의뢰해 보고한 '한국사회의 질적 수준 제고를 위한 미래연구 보고서' 중에도 지도층의 준법 수준이 평균 5점에 미달하는

4.83으로 나타난 사실도 우리는 주의 깊게 살펴볼 필요가 있다.

법치주의란 원래 국가권력의 발동을 국민의 대표인 의회가 제정한 법에 맡김으로써 국민의 자유와 권리를 자의적恣意的인 권력으로부터 지키고자 시작된 것인데, 그 법을 제정하는 국회나 법 집행을 책임진 행정부의 최고 책임자가 법을 지키지 않거나 이를 국민 상식에 어긋나게 피해간다는 것은 사실 법치주의의 근본을 해치는, 참으로 심각한 문제라고 하지 않을 수 없다. 이러고서도 국민에게 법의 준수를 요구한다면 그 요구 자체가 설득력이 떨어질 수밖에 없음은 자명하다. 더구나 우리 국민은 사회를 이끌어가는 지도급 인사에 대해서는 전통적으로 '단순히 법에 어긋나지 않는' 것 이상으로 '보편적 상식과 도덕관념에 맞는' 가치관이나 행동양식을 보여주기를 기대해온 측면이 매우 강하다고 봐야 한다. 말하자면 민주사회에서 법치의식이 없는 지도자는 이미 지도자가 아니며, 그 의식과 몸가짐이 도덕적으로도 떳떳해야 국민의 존경과 사랑을 받을 수 있다고 생각하는 것이다.

무릇 모든 지도자는 '사회 있는 곳에 법이 있다'는 오래된 명제와 마찬가지로, '어느 누구도 법 위에 있는 자는 없다(Nemo est supra leges)'는 이미 문명국가의 상식화된 법 격언을 솔선해 익히고 실천하는 사람이 돼야 마땅하다는 생각을 작금의 세태를 보면서 다시 한 번 되뇌게 된다.

문화일보, 2012.7.19.

차기 대통령의
조건

대학과 공직에 있으면서 이른바 문민정부, 곧 김영삼 정부 이후의 대통령이 이끄는 정부의 행정을 골고루 경험한 편이다. 김영삼·김대중 두 대통령은 그 뛰어난 민주화 업적에도 불구하고 행정 지시사항의 점검 확인을 제대로 하지 않는 등 행정 분야에서의 정치精緻함이 많이 떨어진 느낌이었다. 노무현 대통령은 개인적 신념 탓이겠지만 민심의 추이나 국정 수행의 현실 여건에 대한 두루 살핌의 균형이 미흡해 시종 고전했다고 생각된다.

이명박 대통령은 대미외교를 포함한 한국의 국제적 지위 선양에는 얼마큼 기여했지만 인사정책의 실패와 더불어 국정 전반에 대한 편협한 조감鳥瞰 능력과 안보와 국방 문제에 대한 한정된 식견 등이 많은 국민을 실망시킨 쪽에 가깝다고 본다. 행정안전부가 언젠가 정부의 주요 시책에 대한 국민 체감도를 조사한 결과 100점 만점에 평균 53.7점으로 나타난 바 있다고 하니, 정책 집행이 국민의 감동을 이끌어내는 흡인력이랄까, 정서적 동질감의 확산에도 그리 성공하지 못한 편이다.

우리 국민은 정치에 대한 관심 못지않게 정치인들에 대한 불신감도 크다. 따라서 이제 중요한 선택의 시점을 앞에 두고 국민에게 이런저런 형태로 모습을 드러내고 있는 정치 지도자들이 과연 어떤 심성과 자세를 보여주기를 바라고 있는지도 냉철히 한번 곱씹어볼 필요가 있을 것이다.

무엇보다 나라를 이끌어가겠다고 나선 정치지도자는 대한민국의 정체성正體性을 지키면서 변화하는 시대에 걸맞은 미래 지향적 철학과 원칙이 뚜렷한 사람이어야 한다. 자유민주주의를 근간으로 하는 헌법적 가치는 말할 것도 없고 시대에 특유한 지적·사회적 상식에도 투철해 평균적 국민과 정신적 이격離隔이 크지 않는 가운데, 국민을 조화롭게 이끌어가는 리더십이 절대적으로 필요할 것으로 믿는다.

인기영합적인 달콤한 말로 국민을 속일 수는 없다. 국민은 그들의 단순하고 타성적인 정치적 욕망과 진정으로 국리민복國利民福을 위한 봉공奉公의 자세를 갖추고 있는지 여부를 그동안의 학습과 느낌을 통해 이미 슬기롭게 구별해낸다고 봐야 할 것이기 때문이다.

또한, 새로운 정치지도자는 국정 각 분야에 대한 고른 안목과 청렴성을 지니고 행정의 우선순위를 잘 알며 공과 사를 철저히 구분하는 엄정함을 스스로 몸에 익히고 있어야 한다. 무엇보다 정책 집행의 선봉인 공직자들부터 감동시킬 수 있어야 할 것이고, 과거의 어느 시기처럼 서면書面 보고를 이유 없이 피하거나 사적 채널이 공적인 행정체계를 넘어서 버리거나 적기에 해야 할 결정을 터무니없이 늦추는 일 따위도 더 이상 있어선 안 된다. 가족 문제가 국정의 걸림돌이 되는 것과 같은 원시적인 일도 국민은 물론 용납하지 않을 것이다. 그동안의 경험을 통해, 국민은 바른 역사의식과 행정 분야에서의 실용성을 아울러 갖춘 정치지도자를 원하고 있다고 봐야 한다.

그리고 더욱 중요한 것은 국민은 이제 낮은 곳의 사람들을 보듬는, 이를테면 체온이 느껴지는 정치지도자, 살맛이 나고 많은 이들과 느낌을 같이하는 세상 만들기에 진력하는 정치지도자를 원하고 있다고 봐야만 할 것이다. 우리 국민은 정情과 한恨이 많고 실정법의 규제보다 사람의 도리를 더 중요시하는 정신적 풍토 속에서 태어나고 또 교육받아 왔다. 이러한 국민 심성에 맞게 몸을 낮추는 것은 단순히 정치심리학적으로보다 문화적으로 더 큰 의미가 있다고 받아들여야만 한다.

'어쩐지 그 사람이 좋더라' 하는 느낌을 누군들 쉽게 무시할 수가 있겠는가? 그리고 그것은 바로 인간으로서의 존엄과 가치(헌법 제10조) 또는 경제의 민주화(헌법 제119조 2항) 등으로 표현된 대한민국 헌법 정신에도 들어맞는 일이다.

국민적 결단의 시기가 점차 다가오고 있다. 이제 더 이상 정치가 사회 갈등의 진원震源이 되거나, 정치 지도자들이 불신과 지탄의 대상이 되지 않기 위해 과연 어떤 진정한 모습을 국민 앞에 보여줘야 할지가 서서히 드러나고 있다고 봐야 한다. 국민의 눈은 정치판을 훤하게 들여다보고 있다.

문화일보, 2012.8.16.

검찰
정치 중립의 전제

이승만 초대 대통령이 이끌던 정부에서 1949년 제2대 검찰총장으로 임명됐던 김익진은 다음 해 서울고등검찰청 검사장으로 강임降任됐다. 4·19 학생 의거 후 민주당 정부는 이화여대 법정대 학장으로 가 있던 이태희를 새 검찰총장으로 임명한 바 있다. 또 5·16 직후에는 군 법무관 출신 인사가 두 차례 검찰총장에 임명됐으며, 그중 한 분은 약 8년간 재임하며 검찰 행정의 쇄신에도 상당한 기여를 한 것으로 알려지고 있다.

이러한 사실은 검찰총장에 대한 인사를 통해 검찰 조직을 직·간접으로 통제해 보려던 행정부 수반의 의도가 정부 수립 후부터 꽤 오랫동안 이어 내려오던 폐습 중의 하나가 아닌가 하는 의심을 강하게 불러일으키게 된다. 지금도 정치인이 연관되거나 정치적 이해관계가 다소나마 있다고 생각되는 사건을 검찰에서 수사할 경우, 번번이 국회와 정치권에서 검찰권 행사의 중립성과 공정성을 논란하는 것은 결

/ 착한 교류가 그립다

국 과거의 그런 떳떳지 못한 전례 또는 역사와 무관하지가 않다고 볼 수 있다. 확실히 검찰총장을 비롯한 검사들에 대한 임명·승진·보임의 권한을 대통령이 장악하고 있다는 사실은 공익의 대표자로서 범죄수사와 공소제기를 담당하며 사법경찰을 지휘하는 검사들에게 현실적인 울타리이자 보이지 않는 감시탑처럼 느껴질 수도 있을 것이다.

그러나 검사는 법치주의의 파수꾼이자 감시자이지, 특정한 정부를 위해 봉사하는 기관이 아니다. 물론 법에 정해진 업무 수행과 관련해 대통령이나 입법부 등으로부터 지시를 받지도 않는다. 더구나 한국의 검찰은 광복 후 정치적 혼란기에 좌익 척결에 진력해 자유민주주의를 바탕으로 하는 대한민국의 정체성正體性을 지키는 데 크게 기여했고, 1980년대 이후 마약사범이나 조직폭력배의 소탕에도 노력해 그 성과를 국내외적으로 어느 정도 인정받은 바 있다. 또 정치적 평가가 어떻든 전직 대통령 두 사람과 현직에 있던 대통령의 아들들을 구속기소해 국민적 공감을 불러일으켰으며, 바로 지난 정부에서는 대선자금 수사를 당당히 함으로써 범국민적 호응을 받기도 했다.

물론 법치주의를 지키기 위한 이런 정도의 업적만으로 헌정질서의 기본이 흐트러졌던 1970년대에 긴급조치가 남용되고 일부 인권 침해가 묵인되던 과오로부터 그 법 집행의 일선에 있던 검찰이 자유롭다고 볼 수는 없을 것이다.

결국, 검찰이 나름대로 법치주의의 감시자로서 최선의 노력을 다한다 하더라도 정부의 인사권에 의한 제약 등 현실적 요인으로 국민의 신뢰를 받는 데 원천적인 한계가 있을 수밖에 없는 사정이라면, 이제는 제도적으로라도 그러한 요인들을 제거해 검찰이 헌법과 법률에서

정하고 국민이 원하는 본래의 역할을 제대로 수행할 수 있도록 만들어갈 수밖에 없다는 논리가 된다. 대통령 후보들이 말하는 공직부패 수사를 위한 특별검찰청(공수처)의 설치나 대통령 주변을 감시할 특별감찰관제의 검토와 같은 구상도 그러한 의도와 무관하지가 않은 것으로 보인다.

제도 개선이라면 예컨대, 검찰총장을 대통령이 임명하기에 앞서 검찰을 포함한 법조·시민·학계 대표 등으로 구성된 광범한 추천위원회를 구성하고, 검사의 승진 등 인사도 검찰 내부의 평가에 대폭 위임해 대통령의 임명권은 그 추천이나 평가 결과에 구속되는 형식적인 것으로 운영하는 방향이 돼야만 그 정치적 독립성과 중립성이 일단은 보장될 것으로 생각할 수 있을 것이다. 그러나 이 경우에는 당연히 이른바 '검찰의 파쇼화'를 우려할 수 있으므로 검찰총장에 대한 소환이나 특별감찰관제도의 운용 등도 병행해 검토할 필요가 있다.

검찰은 권력이 아니고 권력이 돼서도 안 된다. 검찰의 권력 남용이 우려된다면 그러한 우려를 야기하는 제도는 마땅히 고쳐가야만 한다. 그러나 법치주의의 감시자 역할을 하는 검사의 직무는 누구에게서나 존중되지 않으면 안 된다. 그런 의미에서 본다면 지난번 야당의 원내대표가 자신에 대한 수사를 검찰권의 남용이라고 비난하다가 결국은 자진해 검찰에 출석한 것도 그나마 대한민국의 법치주의를 위해서는 다행한 일이었다는 역설도 가능할 것이다.

문화일보, 2012.9.13.

반부패 정책의
3대 과제

　독일에 본부를 두고 있는 비정부기구인 국제투명성기구(TI)는 해마다 세계 각국의 부패인식지수(CPI)를 10점 만점으로 평가된 점수와 순위로 발표를 한다. 지난해의 경우를 보면 우리나라(5.4점)가 아시아 국가 중에서도 홍콩이나 일본보다 낮게 평가받고 있다는 사실은 그런 대로 받아들일 수밖에 없지만, 남미의 칠레(7.2), 우루과이(7.0) 또는 아프리카의 보츠와나(6.1)보다 저평가됐다는 사실을 알면 누구나 적잖은 충격을 받게 된다.

　그동안 언론에 이따금 보도된 대로 대한민국은 2005년에 처음으로 5점대로 진입한 후 몇 년간 상승하면서 2008년에는 5.6점의 정점까지 기록했으나 이명박 정부가 출범한 후 계속 하강 내지 정체 경향을 보이다가 지난해에는 평가 대상 183개국 중 43위로, 수년 전까지 비슷한 수준이던 대만(6.1점, 32위)보다도 몇 단계 아래로 뒤처지고 말았다.

　물론 부패인식지수는 정부의 노력으로 일시에 평가점수나 순위가 상승하는 경우가 드물다고는 보지만, 올해 평가 결과가 발표될 시점도 이제 가까이 다가왔으므로 우리나라 반부패 정책의 문제점이 과연 무엇인지를 냉철히 한번 짚어볼 필요가 있다.

첫째, 한 나라의 반부패 정책은 대통령이 이끄는 정부의 의지와 결단, 그리고 사회지도층의 도덕적 수범이 무엇보다도 중요하다는 사실을 전제로 하고 있다. 영국의 총리를 지낸 윌리엄 글래드스턴이 '부패는 국가를 몰락으로 이끄는 가장 확실한 지름길'이라고 지적한 바도 있지만, 부패는 국가경쟁력과 사회통합을 저해하는 근원이라고 할 만하므로 부패의 소지를 차단하는 각종 제도 개선과 함께 공직윤리의 철저한 준수와 사회지도층의 노블레스 오블리주 실천이 뒤따르지 않으면 안 된다. 이것은 행정부 수반을 포함한 정치 지도자들의 솔선수범率先垂範 없이 그러한 사회적 기풍이 과연 제대로 자리 잡을 수 있을지를 생각해보면 실로 자명한 이치이기도 하다.

둘째, 효율적인 반부패 정책을 추진하기 위해서는 범정부적인 협력체제가 매우 긴요하다. 흔히 검찰 특별수사의 기능을 '자본주의의 부패를 방지하기 위한' 역할이라고 하지만 공정거래위원회나 금융감독원 등도 일부 그러한 기능을 수행하고 있다고 볼 수 있을 뿐만 아니라, 국세청이나 경찰의 조사 또는 수사 기능에도 유사한 의미가 없지 않으므로 이들 기능이 유기적으로 협력, 연계된다면 정부의 반부패 노력은 훨씬 더 실효성 있는 결과를 얻을 수 있다.

물론 이러한 협력체제는 당연히 대통령실이나 관련 위원회의 총괄, 조정 아래 부패 유발 요인의 제거에 중점을 두고 각 기관의 고유기능을 훼손하지 않는 범위에서 이뤄져야 할 것이다. 또 공직자의 부패행

/ 착한 교류가 그립다

위는 공직윤리와 직결되는 문제인데 공직자 행동강령이나 비리 공직자의 퇴직 후 취업제한 업무는 국민권익위원회에서, 공직자 재산등록 업무는 행정자치부에서 관장하고 있으므로 두 기관 사이의 협조나 조정이 필요한 경우도 있다고 볼 수 있다. 정치권에서 자주 거론되는 이른바 고위공직자비리수사처나 특별감찰관제가 제도화된다면 검찰 등 현재의 수사체계와 업무관할 조정이나 협조는 더욱 긴요한 과제가 될 것이다.

셋째, 민간부문의 부패방지 노력과도 연계되지 않으면 안 된다. 사회가 부패 없이 맑고 깨끗한지 여부는 기업을 포함한 민간부문에 대한 인식까지를 포함하고 있다고 봐야 한다. 그런데 우리나라의 '부패방지 및 국민권익위원회의 설치와 운영에 관한 법률'은 민간부문에 대한 반부패 대책을 포함하고 있지 않을 뿐 아니라 시민이나 민간단체의 자발적인 반부패운동도 정부 시책 못지않게 청렴 사회 만들기에 기여할 수 있기 때문이다. 자주 논의되는 기업의 사회적 책임(CSR) 수준을 높이기 위해서도 민간과의 협력은 반드시 필요할 것이다.

지금 대통령 만들기에 나서고 있는 각 후보 진영에서도 전력에 흠이 있거나 도덕적으로 비난 가능성이 큰 사람을 영입하는 문제로 다투기보다 국민통합에 기여할 수 있고 국가경쟁력도 높일 수 있는 반부패 정책에 좀 더 절실하고 구체적인 노력을 경주해 주기 바라는 마음 간절하다.

문화일보, 2012.10.11.

검사와 정치인

검사는 범죄의 수사와 공소 제기를 담당하는 국가기관이고, 정치인은 국회의원을 포함해 널리 국리민복國利民福을 위한 권력의 획득과 유지에 노력하는 직업인을 통칭한다. 그러나 불과 41일 앞으로 다가온 대통령 선거를 앞두고 유력 후보들 모두 '검찰 개혁'과 '정치 혁신'을 내세우고 있는 것으로 보아, 불행하게도 두 분야 모두 국민의 상당한 불신 대상이 되고 있음이 현실로 생각된다.

실제로 지난해 12월에 한 언론사와 연구기관이 공동으로 조사해 발표한 파워 조직에 대한 신뢰도에 따르더라도, 검찰이나 정당의 순위가 주요 기업이나 헌법재판소 등에 훨씬 못 미치는 14위(검찰) 또는 17위, 21위, 24위(주요 정당) 등으로 나타난 결과로 보면 이러한 시각은 나름대로 상당한 근거가 있는 것으로 볼 수밖에 없다.

또 검사나 국회의원이란 신분은 어느 쪽이든 권력에 가깝다는 보편적인 인식 때문인지는 몰라도, 일반적인 국민이 가지는 일종의 신분

상승 욕구를 스스로의 의지와 노력으로 얼마간이나마 채울 수 있다는 부정적 유인誘因도 공통적으로 가지고 있다. 그런 때문일까. 근간에는 검사직을 사임한 후 정치인으로 변신한 인사들의 모습도 전보다 더 흔히 볼 수가 있다.

그러나 검사의 업무가 합리적·분석적 접근을 요하는 데 비해 정치인의 업무는 보다 포괄적인 협조와 타협을 전제로 하는 노력이 필요한 탓인지, 검찰과 정치의 세계에서 예컨대 5·16 이전 민주당 시절의 엄상섭嚴詳燮, 조재천曺在千 같은 분 정도로 국민적 평가를 두루 받는 이도 쉽게 찾아보기가 어려운 것이 사실이다.

또 검찰에 의한 수사나 소추訴追를 받는 정치인도 지난날 권위주의적 정부의 부당한 행태에 맞서 당당하게 소신을 폄으로써 국민의 광범한 호응을 받던 이들보다 정치자금이나 선거와 관련된 법률 등을 위반해 묵비권을 행사하면서 변호인과 한정된 지지자들의 조력助力을 받는 이들이 유달리 자주 눈에 띈다.

사실 검사는 준準사법기관이기는 하지만 행정부에 속하고, 정치인 특히 국회의원은 입법부 소속이므로 양 기관 간에는 기본적으로 견제와 균형의 원리가 작용하도록 돼 있다. 그 사이는 가깝기보다 먼 것이 오히려 헌법 정신에 부합한다고 봐야 한다. 국회의원의 회기 중 불체포不逮捕 특권을 보장한 것이나, 국정감사 역시 재판이나 수사 중인 사건에 관여할 목적으로 행사하지 못하도록 법이 정한 것도 모두 그러한 취지일 것이다.

이렇게 본다면, 과거의 예이기는 하지만 정치인이 영장 집행을 피하기 위해 당사에서 농성을 하거나 정략적인 회기 연장으로 법 집행을 회피해서는 안 되는 것과 같은 이유로, 검찰 수사도 그 대상자의 정치적 신분을 불필요하게 고려, 비호하는 듯한 인상을 줘선 안 된다. 또한, 정치의 영역을 미시적인 법 집행의 시각으로만 재단해 국민의 보편적 법의식과 괴리를 보이는 것과 같은 사례도 피할 수 있는 성숙함을 이제는 당연히 갖춰야 한다고 생각한다.

검찰은 대선 후보들의 진영에서 기소배심이나 중요 경제사범에 대한 국민참여재판의 확대와 같은 주장들이 왜 나오는지를 숙고하면서 보다 추상같은 법 감시자의 역할에 충실해야 한다. 그리고 정치인들은 국회의원이나 지방자치단체장의 선거 때마다 얼마나 많은 의혹과 불신이 떠돌아다니며, 국정감사 때마다 대기업 회장들을 불러대는 국회의 행태를 국민이 얼마나 비웃고 있는지를 직시하면서, 한층 담백하고 겸허한 몸가짐으로 법을 지키는 올곧은 모습을 국민 앞에 보여줘야 할 것이다.

이제 신파新派 영화 시대의 '검사와 여선생' 같은 미담은 있을 수가 없다. 무릇 검사들은 오는 12월 19일 대통령 선거를 앞두고 검찰 개혁을 위한 당연한 공약처럼 거론되고 있는 공직자비리수사처나 상설 특검제 구상과 같은 공통된 발표를 보면서 분노하기보다는 냉철히 자성自省해야 한다. 정치인들 역시 쇄신, 혁신을 내세우는 후보자들의 공언을 마음 깊이 듣고 새기면서 참된 회오悔悟와 경장更張의 의지를 새롭게 다져가야 할 때다.

문화일보, 2012.11.8.

경쟁 - 협조의 미학

바야흐로 경쟁의 계절이다. 경쟁이 끝나면 또 협조 여부와 그 시기, 방식이 문제 된다. 최근에는 행정과 정치 분야에서 두어 사례가 특히 국민의 관심을 끌었다.

먼저, 검찰 개혁 논란에 한 단초端初를 제공한 김 모 부장검사의 경우처럼 경찰에서 상당한 정도로 내사內査가 진행된 다음 언론에 공개되자 검찰이 특임검사를 임명, 전격 수사함으로써 특정 비위非違 검사의 수사권한을 둘러싸고 경찰과 검찰이 일시 경쟁하는 듯한 모습으로 비친 사례를 한 번 살펴보자.

알다시피 우리의 사법 체계상 모든 형사사건은 경찰·검찰·법원을 단계적으로 거치고 법원의 재판에 대해서는 3심의 심급審級까지 보장하고 있는데, 이들 기관은 모두 헌법과 법률에 따른 고유의 임무를 수행할 뿐 결코 서로 경쟁하는 관계로 볼 수가 없다. 법원과 검찰이 경쟁하는 사이가 아니듯이 형사소송법상 사법경찰관에 대한 수사지휘권을 가지고 있는 검사가 수사개시권을 가지고 있는 경찰과 서로 대등한 차원에서 경쟁한다는 것도 법이나 제도의 취지상 생각할 수가 없는 일이다.

문제는 수사권에 관해 평소 경찰은 검찰과 영미식의 협조관계를, 검찰은 독일·프랑스 등 대륙법 국가와 같은 지휘관계를 지향해 왔으므로 마침 특정검사의 비리사건이 드러나자 수사권 조정에 관한 양측의 집요한 입장이 노출돼 국민에게는 마치 서로 경쟁하는 듯한 양상으로 나타나게 된 것이라 할 수 있다. 물론 이러한 모습은 국가 기능의 원활한 수행을 위해서나 국민 여론의 올바른 형성을 위해서도 결코 바람직한 현상이라고 볼 수 없다.

이와는 차원이 약간 다르지만, 최근 정치의 영역에서 있었던 문재인 민주통합당 대통령 후보와 안철수 전 무소속 후보의 경쟁은 국민에게 또 다른 관심과 기대를 모았던 사례. 정당의 선출 과정을 겪은 후보와 무소속 후보의 대결이었고, 단일 후보의 선출 방법을 둘러싼 의견 차이가 두드러지던 중 안 전 후보의 자진 사퇴로 이른바 '아름다운 경쟁'에까지 이르지는 못하고 말았지만, 이 경쟁은 국민에게 과거보다 미래 정치 혁신의 필요성을 재인식시키는 계기가 됐다는 점에서 나름대로 중요한 의미가 있었다고 생각한다. 그러나 추상적인 진심정치만으로는 구체적인 세력정치를 넘어설 수 없다는 한계를 보여줌과 동시에 경쟁 후의 협조 방법과 시기 등에 관해 국민이 지켜보는 앞에서 새로운 과제를 던져준 측면도 결코 부인할 수 없을 것이다.

경쟁은 행정이나 정치 또는 그 밖의 사회 각 분야에서 오늘도 끊임없이 진행되고 있고, 발전과 혁신의 원천이라고 할 수 있는 협조 또한 곳곳에서 시시각각 이뤄지고 있다. 그러나 모든 경쟁과 협조가 항상 아름답다고 볼 수만은 없다.

무엇보다 경쟁과 협조는 그것이 국민 권익의 보호든, 국가 예산의 절감이든 또는 계층 간 통합의 앞당김이든 간에 다수 국민이 공감할 수 있는 가치를 추구하는 내용 속에 담고 있어야 한다. 그리고 그 방식 또한 국민이 도덕적으로 승복하고 감동할 수 있을 뿐만 아니라 평균적 시민 정서에도 맞는 상식적인 것이어야 마땅할 것이다.

또 정치의 영역은 말할 것도 없지만, 특히 행정 분야에서는 경쟁해야 할 때 경쟁하고, 협조해야 할 때 협조하는 합리적 분별력이 반드시 필요하다고 봐야 한다. 공정거래와 법무·검찰, 외교와 통일, 환경과 국토 해양, 보건복지와 여성가족 등 냉철한 경쟁과 합목적적 협조가 필요한 영역은 정부 내에서도 수없이 많을 것이다. 명분이 없는 경쟁, 상대방의 치부를 들춰내는 경쟁이 아름다울 수 없는 것과 똑같은 이치로 책임 회피성의 협조나 체면치레를 위한 협조도 결코 아름다울 수가 없다.

이제 국민의 살림살이와 나라의 장래가 걸린 마지막 큰 경쟁이 2주 앞으로 다가왔다. '지나치지 말고, 치우치지도 말라'고 어떤 현인賢人이 말했다던가. 그러나 이제는 국민 한 사람 한 사람의 전全인격적 결단이 그 어느 때보다 필요한 시점이다. 아름다운 경쟁이 아름다운 협조로 이어질 수 있도록 모든 국민이 함께 지켜보며 지혜를 모아 가야 할 때다.

문화일보, 2012.12.6.

새해 한국 법치가
가야 할 길

누구든 '왜 우리는 이 시기에 한국의 법치주의를 새삼 논의해야 하는가'라는 질문을 먼저 해볼 수가 있을 것이다. 그것은 단지 대통령 당선인이 평소 원칙과 법치를 강조해왔고, 최근에 임명된 대통령직 인수위원회 위원장이 평생 법에 의한 지배의 원리를 실현하는 직에 종사해온 분이기 때문이라고 단선적單線的으로 대답해버리고 말 일도 아니다.

물론 지금의 이명박 정부가 출범 초의 촛불시위나 강정마을 사태 등과 같은 집단행위에 대하여 법치국가다운 원칙 있는 대응을 적기에 하지 못함으로써 결국 더 많은 사회적 비용과 갈등이 야기되었다는 반성을 우선은 해볼 수가 있다. 그러나 입법기관인 국회도 그동안 고질적으로 다음 해 예산안은 회계연도 개시 30일 전까지 의결해야 한다는 헌법규정(제54조 2항)을 무시하여 왔고, 이번 국회는 임기 개시 후 7일에 최초의 개회를 한다는 국회법의 규정조차 지키지 않았다는 점을 대다수 국민은 이미 잘 알고 있다는 점도 상기하지 않으면 안 된다.

또 연전에 세계은행이 발표한 각국 통치지표에 따르면, 대한민국의 법치 수준이 100점 만점에 74점으로 다른 주요 경제협력개발기구(OECD) 국가 평균이 90점을 웃도는 데 비하여 참으로 낯부끄러운 수준이었음도 우리는 함께 기억할 필요가 있을 것이다.

잘 알다시피 한국의 법치주의는 서구에 비하여 연륜이 짧고 국민 생활 속에 이미 뿌리내려진 유교문화의 영향도 있어서 그 정착이 쉽지 않은 터에, 일제의 식민통치와 일시 권위주의적이었던 정부를 거치면서 더 기구한 역사를 가지게 된 측면이 없지 않다고 볼 수 있다. 1970년대 이후 대통령 긴급조치나 국가보위입법회의의 국회 대행 입법 등이 적지 않은 국민에게 마음의 상처를 남겼던 사실도 부인할 수가 없을 것이다.

그러므로 국가권력의 행사는 마땅히 국민의 대표인 국회가 제정한 법률에 따라야 한다는 법치 국가적 원리가 새해 박근혜 대통령 당선인이 이끌 정부의 일상적 지도이념이자 국민 생활의 대원칙으로 자리 잡아야 할 이유는 너무도 충분하다고 하지 않을 수가 없다. 그렇다면 새해 한국의 법치주의는 어떤 길로 나아가는 것이 바람직하다고 보아야만 할 것인가?

무엇보다 우리의 법치주의는 나라의 헌법적 가치를 지키는 큰길을 먼저 선택하지 않으면 안 된다. 자유민주적 기본 질서와 시장경제의 원리(헌법 제119조 1항)가 큰 줄기일 것이고, 같은 제119조의 2항에서 규정하는 이른바 경제민주화 조항 등도 이를 보충하는 중요 줄기일 것이다.

법은 우리 사회의 가치를 지키기 위한 기본이다. 우리 사회에는 이념 때문이든 이해利害 때문이든, 일종의 타성처럼 참여민주주의적 또는 직접민주주의적 행태를 보이는 사람이나 집단이 너무나 많다. 국회 안에서, 또는 법정에서조차 헌법적 가치를 부정하고 국가 정체성을 부인하는 일들이 흔하게 벌어져서야 어떻게 나라의 격을 지키고 세계가 주목하는 동북아시대의 경쟁을 이겨낼 것이며 통일에 대비한 진정한 남북대화 체제의 구축·유지가 가능할 것인가?

그러므로 우리는 '법에 최고의 권위가 없으면 자유의 상태도 없다(There is no free state where the laws are not supreme).'는 서양 법률 격언을 다시 한 번 살피게 되며, 헌법적 가치 실현의 주요 집행책임자인 검찰총장이나 국가정보원장 또는 경찰청 및 공정거래나 금융감독기관 책임자들의 임무에 대한 중요성도 재삼 인식하게 되는 것이다.

다음에, 새해 우리 사회에서의 법치주의는 국민의 통합과 치유에 꾸준히 기여·봉사하는 배려와 노력 속에서 운용되지 않으면 안 된다고 본다. 선거 과정에서도 극명히 드러난 지역과 계층 및 세대 간의 이격離隔 현상은 더 이상 방관할 수 없는 수준에 이르렀다고 생각되므로 이제는 국민의 생활과 밀착된 법치주의의 실현을 통하여 국민의 흐트러진 마음을 치유하고 통합하는, 이른바 힐링의 효과를 기대하지 않을 수 없는 상황이다.

중산층의 폭을 넓히는 정책적 노력도 중요하지만, 사회지도층과 권력층 등 이른바 '가진 자'라고 할 수 있는 사회계층의 수범적인 법 준수와 이들의 범법행위에 대한 엄중한 처벌이 반드시 이행되지 않으면 안 된다. 사면권도 국민적 공감을 바탕으로 최대한 절제되어야 함이 마땅하다.

대통령 당선인이 공약한 검찰에 대한 신뢰회복을 위한 상설 특별검사제나 특별감찰관제 등의 채택은 입법 조치를 요하므로 빠르면서도 신중한 검토가 필요할 것이다. 공직윤리의 점검, 확인과 중소기업이나 소비자 보호를 위한 공정거래 또는 고용 확대 등의 조치에도 국민 통합을 위한 '따뜻한 법치', '물 흐르는 듯한 법치'가 반드시 뒤따라야 할 것이다.

국민 생활의 안전과 행복을 위한 민생치안과 부패 일소를 위한 법치운용도 필수적이라고 보지 않을 수 없다. 법은 준엄해야 할 대상에게는 준엄하고, 따뜻해야 할 대상에게는 따뜻해서 국민의 꾸준한 신뢰를 얻어가지 않으면 안 된다. '자연은 도약하지 않으며 법 또한 그러하다'는 옛사람들의 깨우침을 우리의 법 운용자들은 겸허히 받아들여 지켜가야만 할 것이다.

동아일보, 2013.1.1.

인사청문회,
법과 도덕 사이에서

지난달에 있었던 이동흡 헌법재판소장 후보자에 대한 인사청문회와 김용준 국무총리 후보자에 대한 언론의 사전검증 진행경과를 보면서 문화에 대한 외국의 속설과 함께 다산 정약용 선생이 썼던 '예주법종禮主法從'이라는 말이 떠오른 것은 전혀 우연이 아니었다고 생각된다.

'문화란 잊으려고 해도 쉽게 잊히지 않을 뿐만 아니라 배우려고 해도 쉽게 배울 수가 없는 것'이라는 프랑스의 그 속설은 공교롭게도 다산 선생께서 '경세유표'란 책에서 썼던 '예禮가 주인이고 법은 이를 뒤따른다'는 우리의 유교적 전통도덕률과 무언가 연관되는 측면이 있는 것 같아 보이기 때문인지도 모르겠다.

우리나라가 법치국가라고는 하지만 법 집행에 앞서서, 또는 법을 집행하는 과정에서도 반드시 고려하지 않으면 안 되는 것이 국민의 도덕적 승복이나 법 감정 또는 흔히 국민 정서라고 표현되는 요인들이었음을 우리 국민들은 자주 경험해 왔다.

그리고 그것은 공직자로서의 적격 여부나 신뢰성을 판단함에 있어서도 당사자의 실정법 위반 여부와 관계없이 그 사람을 가늠하는 제1차적 기준이 되어 온 것이 그동안의 사회·문화적 현실이었다고도 볼 수 있다.

지금 돌이켜보면 이동흡 후보자에 대한 부정적 여론은 주로 그의 헌법재판소장으로서의 전반적 신망 또는 품격과 관련된 것이고, 김용준 후보자의 자진 사퇴는 존경받던 법조 원로로서 본인이 미처 예상치 못했던 부동산 보유 경위나 두 아들의 병역 문제를 둘러싼 가족생활의 안정감 침해 우려 때문으로 짐작되지만, 이 기회에 우리는 청문회를 거치는 고위공직자 본인과 청문회에 임하는 국회가 다 함께 숙고해 보아야 할 문제점들을 냉정히 한번 짚어 볼 필요가 있다고 생각한다.

우선 청문 대상자의 입장에서는 인사청문회 자체가 공직 후보자의 실정법 위반 사실뿐만 아니라 그의 도덕성과 청렴성을 포함하는 공직자로서의 능력과 품성 전반에 대한 신뢰성을 공개적으로 검증하는 데 주안이 있는 제도임을 열린 마음으로 수용受容하는 것이 선결과제로 보인다. 더구나 한국사회는 다산 선생도 이미 말씀하신 바와 같이 법보다는 예의나 도덕과 같은 유학儒學에서 유래하는 정신적 요인을 더 중요시하는 풍토이고, 그것이 좋든 싫든 마치 우리 문화의 일부처럼 인식되고 있는 것 또한 어김없는 현실이기 때문이기도 하다.

인사청문회와 직접적인 관련은 없지만, 이명박 대통령이 내곡동 사저 터를 아들 명의로 매입하는 것을 시도했던 사건이 특검의 수사대상이 된 일이나, 대통령 주변에서는 '법과 원칙에 맞는 사면'이라고 강조했지만, 대통령과 가깝다고 알려진 특정의 권력형 부패 사범을 굳이 임기 종료를 한 달 앞둔 시점에서 사면 대상에 포함시킨 사례가 국민의 압도적 반대여론에 직면했던 일도 결국 법보다는 국민 정서나 도의심을 더욱 중요하게 여기는 우리 사회의 정신풍토와 무관하다고만 볼 수 없을 것이다.

다음으로, 인사청문회에 임하는 국회의 입장에서 한번 살펴보자. 이번 국무총리 후보자의 자진 사퇴 이후 제도적 개선대책을 모색하는 움직임도 있는 모양이지만, 현재의 인사청문회법에 따르더라도 위원들의 양식과 합의 여부에 따라 청문회의 잘못된 운영을 방지할 방법이 전혀 없는 것은 아니라고 생각된다.

우선 법이 규정하고 있는 위원회의 자료 제출 요구를 좀 더 합리적이고 절제 있게 운용할 필요가 있다. 법에 따르면 위원회는 국가기관과 '기타 기관'에 대하여 인사청문과 관련되는 자료 제출을 요구할 수 있도록 규정하고 있다. 필자의 개인적 경험에 따르면 결혼하여 독립생계를 유지하고 있는 아들이 근무하고 있는 사기업에 그 아들의 신용카드 사용금액과 세금공제명세를 5일 이내에 제출하라고 요구해 와 아들과 그 회사에 까닭 없이 미안함을 느꼈던 기억이 있다.

또 법은 개인의 명예나 사생활을 부당하게 침해할 우려가 명백하거나 금융 또는 상거래에 관한 정보가 누설될 우려가 있는 경우에는 회의를 비공개로 할 수 있도록 정하고 있으므로(제14조) 가족의 질병이나 신상 문제 등 당사자들이 민감하게 여기는 사안에 관해서는 합리적인 판단으로 회의의 공개 범위를 신축성 있게 운영해 갈 수도 있을 것이다.

/ 착한 교류가 그립다

그리고 국회는 무엇보다 흔히 논란이 되는 본인과 가족의 병역 문제, 허위의 전입신고, 부동산 보유, 논문 표절 등 사례를 통과기준별로 집적하여 이를테면 법원의 판례처럼 활용하면서 당사자와 국민에 대한 판단과 설득의 자료로 적절히 활용할 수도 있다고 본다.

청문회를 바라보는 국민과 언론의 눈도 조금은 더 냉철해야 하지 않을까? 헌법적 가치를 중심으로 볼 때 사회는 도덕성 위주에서 법치 위주로 점차 바뀌고 있는 듯한 양상인데, 그렇다면 국민적 요구와 기대도 어느 수준에서 적절히 이성적이어야만 할 것이다. 인사청문회 제도가 국민의 법치 수준과 도덕적 기대감이 알맞게 교직交織되는 아름다운 검증, 착한 다짐의 마당이 될 수는 영 없는 것일까?

동아일보, 2013.2.9.

위기에서 지도자가
보여줘야 할 모습

　제2차 세계대전의 승전을 목전에 두고 탁월한 리더십을 가졌던 미국의 4선 대통령 프랭클린 루스벨트가 1945년 4월 12일 조지아 주의 산장에서 뇌중풍(뇌졸중)으로 급서했다. 당시 부통령으로 국회 상원의장을 겸하고 있던 해리 트루먼은 그 사실을 모른 채 워싱턴에 머물고 있던 대통령 부인 엘리너 여사 측의 연락을 받고 백악관으로 왔다.

　대통령의 시신은 조지아 주 웜 스프링스 산장에 그대로 있었고 사망 사실은 아직 국민에게도 공표하지 않은 상태였다. 대통령 주치의가 배석한 가운데 엘리너 여사에게서 대통령의 사망 사실을 전해 들은 트루먼은 "지금 제가 뭔가 해야(도울) 할 일이 없겠습니까"라고 묻는다. 이때 엘리너 여사는 다음과 같이 답했다.

　"우리야말로 당신을 위해 무언가 할 수 있는 일이 없겠습니까?"

　물론 이 말에 이어 "지금부터 위기의 와중에 서는 것은 다름 아닌 당신이기 때문"이라는 엘리너 여사의 부연도 곁들여졌다고 한다.

이 순간은 흔히 미국 현대사의 명장면 중 하나로 전해지고 있다. 일본 언론인 출신의 나카 아키라仲晃가 쓴 '아메리카 대통령이 사망한 날'이란 책에 나오는 매우 인상적인 내용이다.

당시 엘리너 여사는 활발한 사회봉사 활동으로 유명했지만, 루스벨트 대통령과 부부로서의 사이는 썩 원만한 편이 아니었다는 사실이나, 대통령직을 승계한 트루먼은 당시만 해도 미국의 원자폭탄 개발이나 얄타회담에서 있었던 루스벨트와 스탈린의 대일 참전에 관한 밀약 내용 등에 관하여 전혀 모르고 있었다는 사실 등은 그리 중요한 문제가 아닐 것이다.

앞서 소개한 일화가 우리의 관심을 끄는 것은 국가 위기 상황에서 지도자가 지켜야 할 자세에 관하여 동양적 정리情理와는 다른, 합리적이고 냉철한 서구적 이성의 모습을 생생히 보여주고 있기 때문이라고 필자는 믿는다.

무엇보다 우리는 두 사람의 위 대화에서 공과 사를 철저히 구분하는 그들의 몸에 익은 분별심과 냉정함을 읽을 수가 있다. 우리 식으로 말하자면 이理와 정情의 구별이라고 볼 수도 있고, 당장 해야 할 일과 장차 하고 싶은 일을 구분할 줄 아는 지혜라고도 말할 수 있을 것이다.

남편인 대통령의 휴양을 위한 조지아 주 산장 체류에 동행하지 않았고 아직 그 시신 앞에서 애도도 못 한 상태에서, 헌법에 따른 대통령직 수행의 공백을 줄이기 위하여 냉철한 지혜를 발휘하고 있는 엘리너 여사의 모습은 과연 무엇을 말해주고 있는가?

위 책의 기술에 따르면 트루먼이 백악관 보좌진의 도움을 받아 국민에게 루스벨트 대통령의 급서 사실을 3대 통신을 통하여 알림과 동시에 급히 대법원장을 찾아 대통령 취임선서를 마치고 긴급 국무회의를 소집해 대통령의 직무를 수행함으로써, 전시 중이던 미합중국의 권력 공백 시간은 정확히 2시간 34분에 불과하였다고 한다.

위 일화가 우리에게 가르쳐주는 또 하나의 교훈은 매사에 입장을 바꾸어 생각할 수 있는 역지사지易地思之의 배려와 너그러움이라고 할 수 있을 것이다. 부통령으로서의 트루먼은 대통령이던 남편의 예기치 못한 죽음을 맞은 엘리너 여사와 가족들을 위하여 도와줄 일을 먼저 생각하였고, 퍼스트레이디로서의 엘리너 여사는 개인적 슬픔을 넘어 헌법에 따라 바로 대통령직을 수행해야 할 부통령의 원활한 직무 인수와 국정 수행을 미리 걱정하는 지혜를 보여준 것으로 볼 수가 있다. 지도자다운 교양과 몸에 밴 수련 없이는 불가능한 일들이다. 받거나 누리는 것보다는 주거나 지켜야 할 일을 먼저 생각하는 책임의식이야말로 우리가 본받아야 할 선진적 덕목이자 자세라고 아니할 수 없을 것이다.

위의 사례를 보면서 우리에게 반드시 필요하다고 느껴지는 것은 그밖에도 또 있다. 크든 작든 위기에서 필요한 것은 다름 아닌 '국민적 감동'이라는 사실이 바로 그것이다. 어떠한 정치적 결단이나 행정적 조치도 국민의 심정적인 지원을 얻으면 그 효과가 크게 높아지는 반면, 마음의 승복을 얻어내지 못하게 되면 경우에 따라서는 그 결단이나 조치의 당초 정신마저도 제대로 살리기가 어려워진다는 사실을 우리는 이미 경험으로 알고 있다.

돌이켜 우리의 현실을 보면 지금은 나라의 위기라고 할 상황까지는 물론 아니다. 그러나 국방, 경제, 외교 등 수많은 과제 앞에서 그 구체적 경위야 어떠하든 박근혜 대통령의 정부가 출범한 지 2주가 되도록 한 번의 국무회의도 열리지 않았던 사실이나, 4주째 새 국방부와 기획재정부의 장관, 그리고 신설된 국가안보실장의 임명이 지체되고 있다는 사실 등은 통상의 국민적 상식으로 보아도 쉽게 납득되지 않는 일이다.

아마도 많은 국민은 이렇게 생각하고 있지 않을까? '나라의 격이 아직은 이 정도밖에 안 된다는 말인가? 이것이 우리 정치의 본모습인가? 정말 대통령의 눈과 가슴과 마음의 한계인가?'라고 말이다.

동아일보, 2013.3.19.

대통령 지지자들
마음이 떠나고 있는 게 문제다

생각하기조차 부끄러운 윤창중 사건도 이제 한편으로는 국민 누구나 가지고 있는 일종의 자존감 때문에, 다른 한편으론 더 이상 박근혜 대통령 정부에 부담을 지우지 않는 것이 좋겠다는 선의의 절제심 덕분으로 서서히 기억의 고개로부터 멀어지고 있다.

언론 보도만 보아도 윤 전 대변인의 상식을 넘어선 기행의 전말에서부터 시작하여 박 대통령 인사의 문제점을 지적하는 수준으로까지 발전한 바 있다. 그러나 국정 운영에 참여한 경험이 있거나 행정의 메커니즘을 어느 정도 알 만한 사람들의 눈으로 보면 이번 사건은 특정인의 돌출성 행동에 의한 일과성 해프닝에 그친다기보다 아직 출범 초기인 이 정부의 국정운영 시스템의 허점이 드러난, 어쩌면 예측이 전혀 불가능하지만도 않았던 춘사椿事(뜻밖에 일어난 불행한 일)의 하나였다는 점에 문제의 심각성이 있다고 생각하지 않을 수 없다.

그것은 이번 사건이 이미 알려진 바와 같이 첫째 대통령을 수행한 방문단의 간부가 중요 행사를 앞두고 새벽까지 술을 마시며 개별행동을 할 수 있었다는 점, 둘째 자칫 외교 문제로 비화할 소지가 있는 일이 발생했는데도 약 26시간 동안 대통령에 대한 보고 자체가 지연되었다는 점, 셋째 사건 후 세 차례나 청와대 당무자들의 사려 깊지도 않고 효율적이지 못한 기자회견 또는 사과문 발표로 오히려 국민적 불신감이 커졌다는 점 등 때문이라고 요약될 수 있을 것이다.

물론 이번 사건의 당사자인 전 청와대 대변인이 정통 행정관료 출신이 아니고 공보업무를 담당한 언론계 출신의 별정직 신분으로, 그 업무의 속성상 행정적 규율에 썩 익숙한 편이 아니었으리라는 추론도 전혀 불가능하지는 않다. 그러나 대통령제 아래에서의 비서실이 어떤 지위에 있으며 대변인이란 직책이 어떤 경위로 선임되어 어떤 역할을 수행하는 것인지만을 생각해 보아도 이런 변명성의 추론은 가당치도 않음을 누구나 알 수 있다. 그렇다면 이 같은 돌발적 사건을 배태胚胎케 한, 눈에 띄지 않는 원인은 무엇이며 비슷한 사건이 재발하지 않도록 할 근본적 대응책은 무엇인가.

박 대통령 스스로도 "굉장히 실망스럽다"고 심경의 한 자락을 피력한 바 있지만 사실 이번 사태의 원인을 정부 인사시스템과 분리해 생각하는 것은 불가능하다. 그러나 당과 정부에서 앞다퉈 강조한, 앞으로 인사검증시스템을 강화할 필요가 있다거나 공직기강의 확립이 긴요하다는 원론적 주장만으로 결코 유사한 사례가 재발하지 않으리라고 안도하는 국민은 실제로 그리 많지 않다고 생각된다. 정작 걱정인 것은 공직자들의 복무자세와 능력 또는 보좌체계인데, 이러한 것들은 인사권자인 국정 최고 책임자의 일련의 상황에 대한 냉철한 인식 변화를 전제로 하지 않고는 쉽게 바뀔 것 같지 않아 보이는 측면이 있기 때문일 것이다.

잘 알다시피 지금은 정부 수반의 말 한마디로 모든 공무원이 일사불란하게 움직이는 시대가 아니다. 국가주의적 연대감이나 충성심도 1970년대와는 확연히 다르다고 봐야 한다. 강제력을 발동할 수도 없거니와 개방된 시민사회에서 그러한 발상 자체를 용납하지도 않는다. 그렇다면 결국은 개인적 호오好惡를 떠나 객관적 자료에 의하여 검증된 인물을 적소에 배치하고 공무원들의 마음을 밑바닥에서부터 움직여 모두가 바라는 국민 행복시대의 개화를 위해 최대의 능률을 발휘하도록 할 수밖에 없을 것이다.

공직자들의 자세나 국정운영의 시스템은 그 자체로 국가의 선진화 정도를 반영하는 수준이라고 보아야 한다. 그리고 그것은 국가지도자의 헌신적 열정과 국민 모두에게 감동을 주는 리더십에 의하여 끊임없이 개화되고 발전한다. 국민들은 박근혜 대통령이 그러한 열정과 리더십을 갖추고 있다고 보고 국정의 최고 책임자로 뽑았다. 그리고 그 지지자 중에는 이념적 동조들뿐만 아니라 박정희 전 대통령의 산업화 업적과 함께 20대에 부모를 모두 떠나보낸 고난 속에서도 탁월한 의지와 절제된 이성, 그리고 자기관리 노력으로 국가적 지도자의 위치에 서게 된 인간 박근혜에 대한 심정적 동조자도 상당수 있다고 보아야 한다. 그런데 만약 이러한 심정적 동조자들의 마음이 어느새 조금씩 떠나고 있음이 느껴진다면 이것은 분명 이 정부를 위한 작은 위기의 징조로 보아야 옳지 않겠는가.

대통령은 필요하다고 생각하면 만기친람萬機親覽 대신 국정 경험이 있고 생각의 균형이 잡힌 인사들로 하여금 국정의 최고 책임자를 위하여 공직기강을 다잡는 좋은 의미의 악역 또는 균형추의 역할을 담당하게 할 수도 있다. 이제는 수직적 리더십보다 수평적 리더십에 더 많은 성과를 기대할 여지도 있을 것이다. 문제는 공직자들의 마음의 문을 진정으로 열게 하는 공직 분위기의 조성이라고 할 수 있다. 일찍이 국가가 윤리적 이념적 공동체임을 강조한 철학자 헤겔도 사람의 마음의 문은 안에서 밖으로 열린다고 한 바 있음을 상기할 필요가 있다.

동아일보, 2013.5.26.

법 - 검 - 경 신뢰도 경쟁은
'그들만의 리그'

한국형사정책연구원의 두 연구위원이 2012년 전국의 성인 남녀 1,770명을 대상으로 '법을 집행하는 국가기관에 대한 신뢰도'를 조사한 결과 법원이 7점 만점에 4.42점, 검찰이 4.21점, 경찰이 4.19점으로 나타났다고 한다.

그런데 같은 해 대통령 직속의 사회통합위원회가 발행한 연례보고서에 따르면 공적 기관에 대해 '신뢰한다'는 응답률은 조사 대상자 2,000명 중 법원이 15.7%에 불과하였으나 경찰은 20%였다. 또 한 언론사와 동아시아연구원이 1,800명을 대상으로 공동 실시한 2011년도 파워 조직에 대한 신뢰도 조사에서도 검찰은 10점 만점에 4.51점에 그쳤으나 경찰은 4.97로 나타났다고 보도된 바가 있다.

물론 이러한 조사결과는 조사 대상자와 설문 내용에 대한 이해도에 따라 차이가 날 수 있으며 특히 경찰의 경우 수사 분야만을 대상으로 하느냐, 아니면 일반 민원이나 교통 등 업무도 상정想定한 반응이

냐를 감안할 필요가 있다. 그리고 이 점은 경찰청이 2013년도 상반기 민원인을 대상으로 한 자체 치안만족도 조사에서도 수사·형사 분야의 만족도(69.9%)가 일반 민원을 포함한 전체 만족도(79.4%)보다 떨어진다는 최근의 일부 보도를 보아도 충분히 수긍이 될 만한 사실이다.

그러나 비록 그렇다고 하더라도 형사 사법적인 정의 실현 과정에서 수사 지휘와 공소 제기를 담당하는 검찰이나 재판을 맡고 있는 법원이 수사기관인 경찰에 비하여 국민의 신뢰도 측면에서 상대적으로 낮게 평가되는 경우가 이따금 드러난다는 사실은 결코 가볍게 보아 넘길 일이 아니다. 더구나 그동안 법원과 검찰이 공판중심주의 강화에 따른 증거 채택 상의 견해차 등으로, 또 검찰과 경찰은 수사지휘권의 해석과 운영문제 등으로 눈에 보이지 않는 갈등 양상을 보여 준 측면이 없지 않으므로 이는 우리 형사사법제도 전반의 과제로 함께 고민해야 할 문제라고 보지 않을 수가 없다.

무엇보다 걱정스러운 점은 사법적 정의 실현과 국민의 인권 보장을 위하여 법이 부여한 역할을 수행하면서 상시 '견제 속의 협조'를 해야 할 기관끼리 가끔은 '경쟁하는 대립' 관계인 듯한 모습만을 보이면서 법원과 검찰, 검찰과 경찰이 서로 상대 기관의 대對국민 이미지에 상처를 주는 경우가 적지 않다는 사실이다. 흔치는 않지만, 법관의 잘못된 행태나 법원 직원의 비위가 바깥에 알려지고 전·현직 검찰 간부의 범법행위를 경찰에서 수사 중이라는 보도가 가끔 나오는 것을 보면서, 그로 인한 비판적 반성과 개선 효과의 기대에 못지않게 해당 기관에 대한 국민의 전체적 신뢰도가 땅에 떨어지고 있음이 마치 눈에 보이는 듯 느껴지기 때문이다.

그러므로 우선 중요한 것은 법원이나 검찰 또는 경찰에 몸담고 있는 공직자들이 그 인식의 출발점부터 바꾸어 우리가 더 우수한 집단이라거나 우리도 결코 그쪽에 못지않은 정의감과 인권의식을 갖추고 있다는, 일종의 비교론 또는 상대적 우월감에서 먼저 탈피해야 한다고 생각된다. 물론 형사소송법이나 관련 규칙의 개정 등을 둘러싸고 과거와 같이 국회의원이나 자문 역할을 하는 교수들을 경쟁적으로 자기 쪽 논리로 끌어들이려는 일종의 로비활동도 지양해야 마땅할 것이다. 형사사법 운영의 전체적 시스템이 경찰, 검찰, 법원 중 어느 한 분야의 노력이나 우수성만으로 그야말로 국민을 위한 형사사법 체계로 제대로 작동할 수가 있겠는가.

대다수 국민은 오히려 경찰은 물론이고 검찰과 법원도 과거 자유당 정부 시절이나 긴급조치가 효력을 갖던 시절의 법 운영상 과오에 대해 좀 더 객관적이고 체계적인 연구노력을 통해 경장更張(다시 새롭게 개혁함)의 의지를 다지면서 겸허히 국민을 위한 형사사법기관으로 거듭나 주기를 여전히 바라고 있다고 보아야만 한다.

이 점은 그동안 사법부나 검찰 또는 경찰이 스스로의 잘못이나 과거의 왜곡된 운영행태에 대하여 얼마나 냉철한 분석과 치열한 자기반성을 거쳤는지를 한번 되돌아보기만 해도 저절로 이해가 될 수 있을 것이다.

언론 또한 이제는 국민의 평균적 인식을 기준으로 한 현실분석과 이상적인 형사사법 운영체계에 대한 지향 노력을 함께하면서, 이를테면 '검찰이 단두대를 장악' '경찰의 뻥 뚫린 공조수사' 같은 자극적 표현이나 인용을 하지 않더라도 우리의 형사사법 체계가 지향해야 할 올바른 모습이 장기적으로 구현될 수 있도록 원려遠慮 있는 비판을 변함없이 해야 할 것이다.

동아일보, 2013.6.29.

한국의 부패지수,
왜 나아지지 않나

올해 7월 홍콩에 사무소를 둔 정치경제위험자문공사(PERC)가 발표한 2013년도 조사보고서에 따르면 한국은 아시아 지역 선진국 중 부패 수준이 17개국 중 8위이며 지난 10년 중에서도 가장 나쁜 상태인 것처럼 표시되어 있다. 미국과 호주가 조사 대상에 포함되어 있기는 하지만 말레이시아나 태국보다도 순위가 떨어지는 조사 결과가 나온 것은 놀라운 일이라고 볼 수 있다.

이미 잘 알려진 바와 같이 해마다 11월경이면 독일에 본부를 둔 국제투명성기구(TI)가 국가별 부패인식지수(CPI)를 발표하는데, 우리나라는 지난해 100점 만점에 56점으로 조사대상국 176개국 중 45위, 경제협력개발기구(OECD) 가입 34개국 중 27위로 평가된 바 있다. 그리고 그 점수나 순위가 2008~2010년을 정점으로 계속 하향 내지 정체의 양상을 보이고 있으며, 특히 남미의 칠레나 아프리카의 보츠와나는 물론이고 이제는 아시아의 대만보다도 뒤처진 평가를 받고 있는 형편이다.

19세기 말에 한국을 처음 여행했던 영국의 이사벨라 비숍 여사가 양반들의 부패한 모습을 보고 크게 개탄했다는 기록은 있지만 1960년대 이후 우리나라는 부패 방지를 위한 정부 차원의 노력을 꾸준히 해왔다고 믿고 있는데 왜 지금도 국제적으로는 이런 정도의 평가밖에 받지를 못하고 있는가.

물론 CPI라는 것은 그 나라에서 활동하는 내·외국 기업인이나 전문가 또는 애널리스트들을 대상으로 면담과 설문조사 등 나름대로 합리적인 노력 끝에 산출하는 것으로 알려져 있으므로 해당 정부의 일방적 노력만으로 그 수치를 좌우할 수는 없다. 그러나 필자의 개인적 반反부패업무 참여 경험까지 포함하여 그 원인을 추측해 본다면 다음의 두 가지 요인을 우선 생각해 볼 수 있을 것이다.

먼저 이명박 대통령이 취임한 2008년 2월부터 2013년 사이에 정부가 우리 사회의 반부패 문제에 대한 정책적 관심을 상대적으로 소홀히 한 것이 아닌가 하는 의문을 가질 수 있다. 국제투명성기구가 평가한 CPI만 하더라도 2004년에 5.0(당시에는 10점 만점으로 평가)에 이른 이후 2008년에는 5.6까지 꾸준히 상승하였으나 그 후 2009년에는 5.5점, 2010년과 2011년에는 5.4점, 2012년 다시 5.5점 등으로 후퇴 또는 정체하였고, 순위도 2009년과 2010년의 39위에서 2011년 43위, 2012년 45위로 떨어진 것으로 나타나고 있기 때문이다.

실제로 한국행정연구원이 금년 초에 조사해 공개한 '정부 부문 부패 실태'에 관한 보도에 따르면 공직사회의 부정부패가 1년 전보다 더 심각하다는 기업 관계자들과 자영업자들의 인식이 2011년과 2012년에 각각 72.4%로 그전 정부 때보다도 제법 높게 나타난 바가 있다.

이명박 대통령 취임 후 독립된 반부패정책기구를 국민권익위원회란 명칭으로 통합한 조치나 정권 말기에 몇몇 측근 비리가 국민 앞에 드러난 점, 경제인에 대한 사면조치, 내곡동 사저 용지 매입과 관련된 잡음 등도 우리 정부의 반부패 의지에 대한 국제적 인식이 부정적으로 작용한 사례라고 생각할 수가 있을 것이다.

다음으로 반부패 문제에 대한 사회적 공감과 확산을 위한 시민적 의지나 노력도 과거에 비하여 퇴색한 것이 아닌가 하는 의문을 가져 볼 수 있다. 물론 2005년 3월 노무현 정부와 정치권, 재계, 시민사회가 함께 참여한 '투명사회협약' 체결과 같은 다소 전시성을 띤 행사가 수용受容되는 사회적 분위기도 아니었지만, 경제의 효율성과 주요 20개국(G20) 외교에 치중하는 정부 아래서 시민사회의 반부패 활동이 주목을 받을 만한 여지도 그만큼 줄었다고 볼 수밖에 없는 측면이 있었을 것이다. 반부패 운동에 참여하던 시민사회의 지도급 인사들이 고령화하고 선거직 진출 등으로 그 층이 얇아진 일면도 없지 않겠지만, 경제와 일자리 창출이 중요시되는 사회 풍토 속에서 반부패 운동이 분배의 정의를 우선시하는 반기업적 세력 또는 집단과 가까운 것으로 오인된 측면도 분명 없지는 않았을 것으로 짐작할 수 있다.

경제의 활력과 부패 방지는 전혀 모순된 것이 아니다. 기업의 경제 활동을 존중하면서 탈세나 뇌물 수수가 없고 공정한, 따라서 우리의 헌법 정신에도 잘 들어맞는 그러한 부패 방지 활동은 얼마든지 가능하고, 대다수 국민도 바로 그런 모습의 반부패 활동과 청렴 사회 운동을 바라고 있다고 보아야만 한다.

이제는 부패 사범에 대한 법원의 선고 양형도 점차 무거워지고 있고, 새 정부 출범 이후 과거 남용 경향이 있던 사면권 행사도 국민 정서에 맞추어 자제되고 있는 것으로 보인다. 검찰 개혁이나 특별감찰관제도 신중히 검토되고 있다고 하니 국민의 신뢰가 존중되는 바른 법치 문화가 이제 좀 더 자리를 잡으면 한국의 CPI가 내년부터라도 좀 상향될 수 있을까 하고 그저 소박한 마음으로 기대해 볼 뿐이다.

동아일보, 2013.9.5.

착한 교류가 그립다

　검찰총장 후보자로 지명되어 인사청문회를 기다리고 있는 김진태 후보자에게 언론 종사자들이 처음 김기춘 대통령비서실장과의 관계를 물었을 때, 오래전 법무부 법무심의관실 소속 검사로 당시 장관이던 그분의 업무보좌를 한 일은 있지만, 그 후 아무런 교류交流가 없는 사이라고 대답한 것으로 보도된 바 있다. 또 감사원장으로 임명된 황찬현 전 서울중앙지방법원장도 법원에 대한 국정감사 현장에서 의원들의 비슷한 질문에 알기는 하되 사적인 교류는 없는 사이라고 답변했다고 한다.

　법조인들의 생리나 언어습관을 얼마쯤 알기 때문일까, 필자는 자연스럽게 그 답변의 진실성에 대한 믿음을 가지면서 우연히 두 분이 공통적으로 쓴 법조인들 간의 '교류'란 과연 어떤 의미일 것인가에 관하여 다시 한 번 생각을 해보게 된다. 물론 이런 경우 교제나 교유交遊 또는 단순히 인사 삼아 찾아뵙는다는 뜻에도 미치지 않는, 그 교류라는 중립적 단어가 법조인 사회의 한 특징을 역逆으로 드러내고 있다는 생각도 동시에 하게 된다.

교류의 사전적 의미는 서로 주고받거나 뒤섞이어 흐른다는 뜻이다. 그러나 법관이나 검사는 원래 법과 정의 관념에 따라 독립적으로 업무 수행을 하는 자리이므로 직무상의 일과 무관하게 서로 교류한다는 것 자체가 매우 드문 사례가 될 수밖에 없다. 변호사들의 경우에도 공직윤리법이나 변호사법에 따른 제한이 있을 뿐만 아니라 이른바 전관예우에 대한 사회적 비난도 크므로 변호사들끼리라면 몰라도 판검사들과의 교류는 생각만큼 수월하거나 빈번하다고 볼 수가 없다. 또 법조인 사이의 교류라고 하더라도 취미나 봉사 또는 종교활동 등을 통한 의례적 접촉이거나 교수들이 주축인 학회 활동의 범주에 속하는 무색적인 것이라면 별다른 논란이 있을 수 없을 것이다. 물론 업무상 거치게 되는 협의나 결재의 과정을 교류라고 부르지도 않는다.

결국, 문제는 출신 학교나 지역 또는 특정한 성향을 지닌 사람들이 끼리끼리 모이는 경우나, 흔치는 않지만, 퇴직이 예상되는 판검사를 특정 로펌이나 대기업에서 미리 점을 찍고 의도적으로 교류를 시도하는 경우라고 할 수 있다. 앞의 경우는 비록 그 동기가 나쁘지 않다고 하더라도 자칫 이른바 떼거리 짓기 또는 일종의 파벌로 연결될 수 있는 위험성 때문일 것이고, 뒤의 경우는 그 자체가 바로 위장된 또는 잠재적 부패행위이기 때문일 것이다. 법조인이 대체로 오만한 특권의식에 사로잡혀 있다든가, 보통의 국민 정서와는 거리가 먼 자기네들만의 세계에서 따로 머물고 있다는 세간의 오해도 그러한 나쁜 교류와 무관치 않을 것이다.

그러나 법조인의 세계라고 하더라도 따뜻한 인품이나 공통된 인문학적 관심 등으로 특별한 이해관계 없이 담연淡然한 마음을 서로 열어놓는 인간관계도 얼마든지 있을 수가 있다. 필자의 경우에도 검사의 직을 벗어던졌을 때 차분한 위로의 편지를 보내준 판사나, 새로 도입된 제도의 안착을 위하여 자주 머리를 맞대고 의논하던 검사와 교수, 대학으로 옮겨 간 직후 헬렌 니어링이 쓴 책을 한번 읽어보라며 보내준 법조 후배에 대한 아름다운 기억을 가지고 있다. 행정부에 몸담게 된 전직 법관의 초청으로 몇몇이 아무런 구애됨이 없이 만나 청담淸談을 나눈 일도 인상에 남는다. 물론 이런 교류는 상대방에 대한 존중을 바탕으로 하고 있고 아무런 대가관계가 없으며 지연이나 학연과는 처음부터 무관할 수밖에 없다. 법치주의에 대한 확실한 신념이 밑바탕에 있음은 굳이 강조할 필요도 없을 것이다. 비록 이런 맑은 교류, 착한 교류라고 할지라도 법조 관련 종사자의 경우라면 당연히 금기로 여기거나 백안시해야 할까.

법조인의 세계에서도 교류하고 싶은 사람이 있고, 삶의 방식이나 철학이 달라 굳이 교류를 이어가고 싶지 않은 사람도 있을 것이다. 또 교류를 해도 교류하는 것같이 느껴지지 않는 사람이 있는가 하면 교류가 없으면서도 늘 마음으로는 교류를 하고 있는 것처럼 느껴지는 사람도 있을 것이다. 비록 법조인에 대한 불신이 가득한 세상이라 하더라도 그것이 청연淸緣을 바탕으로 한 '착한 교류'라면 아직 우리 주변에 더 좀 있어도 좋지 않을까.

동아일보, 2013.11.9.

대통령이 보다 큰 눈으로 보는
슬기가 필요하다

8월에 한 언론사가 동아시아연구원과 공동으로 2013년도 우리 사회의 파워 조직에 대한 영향력과 신뢰도를 국민 1,800명을 대상으로 조사해 보도했다. 그 내용에 따르면 영향력 측면에서는 국가기관 중 검찰이 10점 만점에 6.58점, 감사원이 6.11점, 국가정보원이 5.51점 순이었으며, 신뢰도 측면에서는 감사원 5.07, 검찰 4.48, 국정원 4.02 순으로 나타났다. 물론 이 순위는 모두 삼성, 현대자동차 등 대기업보다 떨어지고 특히 신뢰도는 사법부보다도 모두 낮은 수준임이 드러난 바 있다.

감사원은 대통령에 소속하되 직무에 관하여는 독립의 지위를 지키는 국가 최고의 회계 및 직무감찰기관이고, 검찰은 범죄수사와 지휘, 공소제기 등을 담당하는 준사법기관이다. 또 국가정보원은 대통령 소속으로 국외 정보 및 국내보안정보 수집과 국가기밀에 속하는 문서 등의 보안업무, 그리고 내란 등 죄의 수사와 정보 등의 기획·조정업무를 맡도록 법에서 정하고 있다.

그런데 국가 기강을 지키는 핵심이라고 볼 수 있는 이처럼 중요한 기관 중 감사원장은 양건 전 원장이 임기 중 석연치 않은 사유로 자진해서 사퇴한 후 3개월 이상 비워둔 상태였고, 검찰총장은 박근혜 대통령이 임명한 채동욱 전 총장이 약 5개월 만에 물러난 후 다시 2개월여가 지나 김진태 총장이 새로 취임하였으며, 지난 정부의 원세훈 국정원장은 공직선거법 위반 등 혐의로 현재 불구속재판을 받고 있다.

사실 공직사회에서 감사원 감사의 위력은 생각보다 훨씬 크며 소속 공무원에 대한 감사원 자체 교육의 질과 수준도 상당히 높은 것으로 알려져 있다. 검찰은 지휘부서의 잇따른 교체와 정치적 영향력 시비 등으로 그 신뢰도가 다소 떨어지긴 했어도, 기본적으로 법치주의의 감시자라는 사명감을 지닌 법률가의 집단이므로 국민들이 그 역할과 활동에 기대하지 않을 수가 없다.

또 국가정보원은 10여 년 전부터 대공 정보력이 저하된 것이 아닌가 하는 일부의 우려가 있지만, 올 3월에 취임한 남재준 원장의 의지와 범국민적 주시 속에서 이제 국가 최고 정보기관 본연의 모습을 찾아가고 있는 것으로 보인다.

그렇다면 국민의 기대와 우려가 교차되는 가운데 새로운 리더가 이끄는 체제로 출발한 이들 감사, 수사 또는 정보의 중추기관들은 과연 어떤 자세와 철학으로 시대의 변화와 국가적 요청에 부응해야 할 것인가를 깊이 고민해보지 않을 수가 없을 것이다.

무엇보다 중요한 대전제는 이 기관들이 헌법과 법률이 정한 고유의 위치와 임무에 보다 충실하지 않으면 안 된다는 사실이다. 국민들은 감사원이 행정 각부 중 하나가 아니고 독립된 헌법기관이라는 사실을 잘 알기 때문에 지난 원장 시절 4대강 사업에 대한 감사 결과의 일관되지 못한 발표에 실망한 것으로 보아야 한다. 검찰은 정치적 영향력으로부터의 독립이라는 해묵은 과제에서 아직도 벗어나지 못하고 있다. 국가정보원은 국내 정치문제 개입 등의 문제로 전임 원장이 재판을 받고 있으며 아직도 야당으로부터 '물타기' 따위의 말을 들으며 국회의 개혁논의가 진행되고 있는 실정이다.

이 중추기관들이 개입과 자제의 균형을 지키면서 헌법이 부여한 소임에 충실하려면 대통령과 대통령실 인력의 큰 눈으로 보는 슬기와 헤아림이 필수라고 생각된다. 물론 대통령실의 한 수석급 인사가 황교안 법무부 장관의 제청으로 박 대통령이 임명한 채 전 검찰총장을 마치 시난 정부에서 임명한 것처럼 발언하는 것과 같은 사례도 더 이상 있어서는 안 될 것이다.

결국, 국가 기강이 바로 서기 위해서는 이 기관들이 과거의 방식에 매몰되지 않고 우리의 헌법적 가치에 보다 충실하면서 국민, 특히 중도적 시민층으로부터의 신뢰를 축적해갈 수밖에 없다. 국민들은 대통령이 단지 초연하기보다 역사의 선도자로서 그러한 행정적 분위기를 솔선하여 이끌어 가기를 진작부터 바라고 있다고 보아야 할 것이다.

동아일보, 2013.12.14.

왜 고위직에 있는 사람들이
꿈쩍하지 않는가

필자가 아직 대학생 신분이었던 1962년에 박정희 전 대통령에 의하여 제1차 경제개발 5개년 계획이 시작되었는데, 그해 국민 1인당 소득은 87달러 상당이었다고 한다. 그로부터 50년이 지나, 박근혜 대통령이 당선된 직후인 2012년 연말의 1인당 국민소득은 그보다 260배가 조금 넘는 2만2670달러 상당으로 발표된 바가 있다.

근간 정부 각 부처의 신년 업무보고나 청와대의 수석비서관회의 등 석상에서 현안의 각종 정부시책 또는 국민들의 불만 사항과 관련하여, 정부 부처의 책임자들이 너무 움직이지 않는 것이 아니냐는 일종의 우려랄까 독려성 의사 표명이 있었다는 취지의 보도가 있었다.

여기서, 정부부처의 장관들을 포함한 고위 직책에 있는 사람들이 과거 경제 개발과 수출 진흥 또는 경부고속도로 건설이나 산림녹화 등을 위하여 정신없이 뛰던 시대에 비하여 왜 언론에 '꿈쩍하지 않는다'는 비유적 표현이 등장할 정도로 덜 움직이고 있는가에 관하여 한

번 생각해 볼 필요를 느낀다.

무엇보다도 공직자들의 가치관이 과거에 비하여 조금씩 달라지고 있다는 점을 인정하지 않을 수 없을 것이다. 이것은 단순히 국가주의적 가치관이 개인주의적으로 바뀌었다는 뜻이 아니라 일에 대한 사명감이나 그로 인한 성취의식보다, 자신과 가족의 삶의 질 향상을 과거보다 더 중요시하게 된 측면이 크다는 뜻이다.

취미 생활을 위하여 조기에 명예퇴직을 신청한다든가, 자녀들의 교육을 위하여 승진에 불리한 해외 근무를 자원하는 공직자가 더러 있다는 사실 등이 그런 변화의 한 예일 것이다. 2012년 우리 국민의 삶에 대한 만족도가 경제협력개발기구(OECD) 국가 평균인 6.6에 못 미치는 6.0에 불과하다고 알려진 사실도 이러한 변화와 무관치 않다고 생각한다.

또 관료들은 조직의 이익을 지키고 극대화하기 위하여 갖은 노력을 다한다는 행정학계의 이른바 합리적 선택 이론이 아니더라도, 이를테면 경제부처를 중심으로 퇴직한 고위 간부를 산하 공기업의 임원으로 보낸다든가 로펌이나 회계법인이 이들을 고문으로 영입하는 등의 고착된 관행과 폐습도 영향이 있을 것이다.

법원이나 검찰 또는 특허청, 국세청 출신들은 변호사나 변리사, 세무사 등으로 개업하는 보장책이 있다는 사실도 고위공직자들의 과거 같은 헌신적 전념성專念性을 저해하는 한 요인으로 보인다. 말하자면 공직에 목을 매는 것과 같은 풍토가 40~50년 전에 비하여 그만큼 줄어들었다는 말이 된다고 볼 수 있을 것이다.

그러나 그것보다 더욱 중요한 것은, 공직자들을 헌신적인 자세나 마음가짐으로 끌어들이는 감동이랄지, 자발적인 동기 요인이 과거에 비하여 많이 약해진 것이 아닐까라고 필자는 생각한다. 모든 조직의 구성원이 마찬가지겠지만, 공무원들도 의무와 책임의식보다 보람과 성취감으로 직무를 수행할 때 더 효율적인 성과가 날 수밖에 없다.

필자 자신도 검사 출신 교수로서 우연히 대학의 총장으로 선임되었을 무렵 학내외의 평판에 따라 출신 학교와 지역과 관계없이 보직교수를 선임하고 학교의 혁신·발전을 위해 도와줄 것을 온 마음으로 호소했을 때, 많은 교직원과 동창들이 협조해 준 작은 경험을 가지고 있다.

개발시대의 리더십과 통합시대의 리더십은 다르다고 보아야 한다. 지금은 수직적 리더십뿐만 아니라 수평적 리더십도 필요한 시대라고 말하고 있다. 아무리 국회에 대한 불신이 크다고 하더라도 국회를 통하지 않고서는 아무런 입법도 불가능한 것이 현실이기도 하다.

힘을 바탕으로 하는 권위에 따뜻함을 바탕으로 하는 포용력까지 더해진다면 공직자들의 사기나 국정 수행의 능률이 더 오를 것은 너무도 자명하다. 아버지와 같은 리더십에 어머니와 같이 어르고 추어올려 주는 따뜻함이 보태진다면, 그들이 어떻게 감히 꿈쩍도 하지 않을 수 있겠는가.

동아일보, 2014.3.1.

전직 대통령
기념재단 유감

지난달 초 이명박 전 대통령 정부에서 장·차관과 수석비서관 등을 역임한 인사들이 이 전 대통령도 참석한 자리에서 '이명박 대통령 기념재단' 발기인 모임을 가졌다는 보도가 있었다. 그리고 일부 언론에는 기념재단이 설립되면 전직 대통령 예우에 관한 법률 규정에 따라 일정 부분 국고가 지원된다는 간략한 내용도 물론 덧붙여져 있었다.

어떤 연유에서인지 이와 관련된 비판 의견이나 진행 상황의 속보는 그 후 언론에서 전혀 발견할 수가 없었으나, 이 문제는 법의 정신과 시민적 감각에 비추어 볼 때 결코 그렇게 가볍게 보아 넘길 일만이 아니라고 생각된다. 그 이유를 냉철히 한번 짚어보자.

첫째, 다른 전직 대통령의 경우는 어땠는지를 우선 살펴볼 필요가 있다. 박정희 전 대통령의 경우에는 사후死後 20년이 지난 1999년 9월에 정부지원도 없는 기념사업회란 이름의 사단법인으로 처음 출발하였고, 김영삼 민주센터는 퇴임 후 12년이 지난 2010년에 겨우 모습을 드러냈다. 알다시피 재단법인 김대중 기념사업회나 노무현 재단도 모두 본인의 사후에 과거의 정치적 동지나 추종자, 유족들에 의해 설립되어 활동하고 있는 것이 현실이다.

둘째, 대통령으로서의 업적이나 명분 그리고 국고 지원의 필요성 측면에서도 한번 살펴볼 필요가 있을 것이다. 물론 이것은 이 전 대통령 시절 대미 관계가 비교적 원활하였고 주요 20개국(G20) 정상회의를 한국에서 개최하는 등 업적이 있었다는 사실까지 부인하는 것은 아니다. 그러나 그는 특검이 기소한 내곡동 사저 부지 매입 시도 사건에서 드러난 바와 같이 공사의 구별이 불분명하였고, 재임 기간 한국의 부패인식지수(CPI)를 정체 내지 후퇴하게 한 행정적 책임도 느껴야 할 분이다. 개인적으로 신임하는 비전문가인 특정인을 장기간 국가정보원장으로 재직시켜 대북정보 수집 및 분석체계를 발전적으로 운영하지 못함으로써 우리의 헌법이념을 내실 있게 수호하지 못한 결과를 초래했다는 비판도 받고 있는 처지다. 그의 재산 보유 상태나 능력으로 보아 재직 기간 업적의 기념사업을 위해 국민의 세금으로 지원을 해야 한다는 사실을 선뜻 수긍치 못할 국민도 적지 않다고 보아야 할 것이다.

셋째, 기념재단 발족의 시기 문제도 신중히 생각할 필요가 있다. 전직 대통령 예우에 관한 법률에 따르면 전직 대통령과 배우자는 보수 연액의 95%를 연금으로 받고 사무실과 차량 그리고 공무여행 시의 여비 지급까지 규정하고 있다. 여기에 더하여 그 법 시행령(제6조의2)을 2011년 9월에 신설하여 전직 대통령 기념관 건립과 업적 편찬, 학술세미나 개최 등 사업을 할 수 있도록 고쳤는데, 그 시기는 이 대통령 재임 시절이었다. 따라서 만약 이번에 이 전 대통령 기념재단이 발족된다면 위 개정이 결국 이 전 대통령의 퇴임 후를 위하여 의도적으로 만들어 넣은 것으로 받아들일 소지도 있는 것이다. 과연 그런 오해를 받아도 좋을 만큼 이 전 대통령 기념사업이 시급하고도 절박하며 그 업적이 창대하단 말인가?

넷째, 정치적 오해의 우려가 매우 농후하다. 그렇지 않아도 이 전 대통령이 임명한 국정원장이 선거 과정에서 이른바 댓글 사건으로 재판을 받고 있고, 당시 정부의 대통령 정무수석을 맡았던 비서관이 당시 이 대통령과 박근혜 대통령 후보와의 단독 회동 사실을 뒤늦게 공개까지 했던 터다. 일부에서는 이 전 대통령이 퇴임 후 미국으로 갈 것이라는 관측도 했으나, 지금 그가 너무도 당당히 국내에서 지인들과 테니스와 골프를 즐기면서 지내는 것을 보면 무언가 둘 사이에 일종의 믿음이랄까 묵계 비슷한 것이 있었을지도 모른다는 추측도 세간에는 전혀 없지 않다고 보아야 한다.

결국, 이 전 대통령을 위한 기념사업재단은 본인이 이를 자제하거나 시기를 늦추는 것이 바람직하며, 굳이 발족을 하더라도 국고보조는 스스로 받지 않겠다는 쪽으로 입장을 정리하는 것이 국민 정서에 더 맞는다고 생각된다. 그런 안건이 국무회의에서 심의되는 일조차 없기를 바라는 국민들이 훨씬 많다고 보아야 하지 않을까.

동아일보, 2014.4.1.

마음을 잡는 것이야말로
모든 것을 잡는 것이다

검사 출신의 경력 짧은 형사법 교수가 학교법인 이사회에서 처음 대학의 총장으로 선임되었을 때 교수들은 반대 의사를 표명하였다. 벽보도 붙었다. 교수협의회에 출석하여 공약을 발표해 보라는 요구에 불응하였다는 것이 표면상 이유였다. 총장 취임을 승낙한 것을 후회하였지만, 이제는 별다른 방법이 없었다. 그는 교수 대표들을 만나보자고 하였다. "나는 학교 행정을 깊이 모른다. 여러분의 의견을 들어가며 한번 최선을 다해보겠다."고 말한 것이 전부다. 학교 부근 보통 수준의 식당에서 증인 격인 법대 교수 한 사람만 데리고 나가서 그 대표들을 용기 있게 만난 결과는 바로 대학의 중흥 발전을 위한 착한 출발, 아름다운 시작으로 연결되었다.

물론 보직교수들을 골고루 발탁하여 매일 얼굴을 맞대고 많은 일을 하게 했다. 그러나 현대적 감각의 학교상징표지(UI) 제정이나 종합 정보시스템 구축 같은 중요한 결정은 총장의 의지와 책임으로 강행한 쪽에 가깝다고 볼 수도 있다.

필자의 경험이기도 한 이런 이야기를 지금 새삼스럽게 꺼내는 것은 국정이든 일개 대학의 운영이든 모든 조직의 행정에는 공통되는 원칙과 슬기가 숨어 있다는 단순한 사실을 함께 상기할 필요가 있다고 믿기 때문이다.

어떤 문제가 발생했을 때 이것을 제도의 개혁 차원에서 접근할 것이냐, 단순한 운영 개선으로 만족할 것이냐가 흔히 논의되지만 그중 어느 하나의 방법만이 만능열쇠가 되는 경우는 거의 없다고 보는 것이 우리의 경험칙에 더 부합한다고 할 수 있다.

박근혜 대통령이 발표한 세월호 사고의 후속 조치로, 해양경찰청의 해체와 안전행정부, 해양수산부의 기능 축소, 국가안전처의 신설 등을 포함한 정부조직 개편과 민간 출신 전문가의 광범한 공직 임용, 퇴직 공직자의 취업 제한 대상 기관 3배 이상 확대 등 획기적 방안이 제시되었다. 물론 이에 대하여도 시스템과 부처의 문패를 바꾸는 것은 일종의 미봉책이며, 조직의 전문 역량 강화와 함께 국정 철학의 기조가 바뀌는 것이 정상화의 선결과제라는 비판이 이미 나오고 있는 터이기도 하다.

문제는 국가 대개조의 의지로 시작한 위의 조치가 민간인도 참여한 진상조사위원회의 조사 결과를 바탕으로 한 것이 아닐 뿐만 아니라 정부 조직 개편이나 특별법 제정은 국회의 입법 조치가 뒤따라야 하므로 그 실현이 기대하는 것만큼 간단치가 않을 것이라는 사실이다. 그것은 박 대통령이 이끄는 정부에 대한 신뢰와도 직결되는 문제라고 볼 수 있다.

물론 노무현 대통령 정부 당시 고양과 남양주를 잇는 사패산 터널 구간 공사와 경부고속철도의 천성산 터널 공사가 환경단체와 지율 스님의 단식 등 반대로 2년 또는 6개월간 중단됨으로써 5,000억 원대 및 145억 원의 추가 공사비가 들었던 예나, 2008년 이명박 정부가 이른바 쇠고기 파동에 따른 촛불시위에 적극적으로 대응치 못했던 사례 등은 정부의 지나친 온건책이 오히려 국민들의 걱정을 자아낸 측면이 있다고 볼 수 있다.

그러나 헌법상 행정부 수반이기도 한 박 대통령이 현실 정치 및 관료들이 이끄는 행정 현장과 일정한 거리를 유지하면서 원론적 초연함의 발걸음만 지속한다면 보통의 국민들로서는 이를 오히려 불필요한 강경 자세 또는 국정 기조의 모드로 받아들일 여지가 얼마든지 있다고 보지 않으면 안 된다.

나라와 사회의 기강을 세우기 위하여 법의 집행은 강경해야 하지만 정치는 부드러움을 아울러 갖추지 않으면 안 된다고 믿는다. 눈물을 흘리는 것을 비난하기보다 눈물을 닦아주는 정치도 필요하기 때문이다. 세월호 사건을 정부의 무능과 국가 기능의 부재로 비판하는 사람도 많은 현실에서 국가 대개조의 의지를 표방하면서 일련의 개혁 조치를 새 국무총리에게 맡겨 버릴 수만은 없을 것이다. 지금이야말로 어머니 같은 부드러움의 리더십이 필요할 때다. 사람의 마음을 잡는 것이 모든 것을 잡는 것이다. 신뢰와 안전, 균형과 평화가 정상화의 기준이 되어야만 한다.

동아일보, 2014.5.24.

'법조인에게 부처 맡기기'
조심해야 하는 이유

　박근혜 대통령이 이끄는 정부에 들어와서 현직 법관이나 검사 출신의 법조인들이 정무직으로 임명되는 경우가 눈에 띄게 많아졌다. 국무총리의 경우 후보직을 일찍 사퇴한 김용준, 안대희 전 대법관과 아직도 어려운 총리직을 수행 중인 정홍원 전 고등검사장이 있고, 현재의 감사원장과 국민권익위원회 위원장, 방송통신위원회 위원장은 모두 법원장급으로 재직 중에 임명된 분들이다. 전례가 여러 번 있었지만 대통령 비서실의 전·현직 민정수석비서관과 국가정보원 제2차장도 검사장 경력자이다.

　물론 이분들은 국가가 공인한 시험에 합격한 후 사법부나 검찰에서 오랫동안 경험을 쌓은 데다 평소 명석한 판단과 절제 있는 몸가짐으로 주위의 신망을 받아 왔으므로 그 개인적 자질이나 능력의 측면에서는 전혀 나무랄 데가 없는 훌륭한 분들이다. 그럼에도 불구하고 현직이나 최근에 사임한 법조인을 정부 부처의 장으로 임명하는 근간의

175
제3부 응시凝視 /

경향이나 추세에는 다음과 같이 간과하기 어려운 중요한 문제점도 내포되어 있다고 필자는 믿는다.

첫째, 위와 같은 인사 행태가 반복되면 자칫 우리의 헌법 이념이나 정신이 훼손될 우려가 있다는 점이다. 알다시피 우리 헌법은 권력분립의 원칙에 따라 사법권의 독립(헌법 제101조 이하)을 명시하고 있고, 헌법상 영장 신청자로만 명시된 검사에 관하여도 보통 수사지휘권을 가진 준사법기관으로 해석하고 있다. 그리고 이것은 법관이나 검사가 행정이나 권력으로부터 독립하여 오로지 법과 양심에 따라 직무를 수행하라는 헌법 이념상의 요청이라고 볼 수가 있다.

따라서 만약 법관이나 검사 중에서 행정부 고위직을 발탁한다든가, 행정부의 성향에 맞는 재판이나 검찰 처분을 한 전직 법관, 검사를 정부가 우대하는 인사 관행이 생겨나고 그것이 혹 반복되기라도 한다면 이미 사법권의 독립이나 검찰의 중립성은 더 이상 기대하기 어려운 후진적 상황으로 갈 수도 있다는 점을 염려하지 않을 수가 없게 된다. 이웃 일본만 해도 법관이나 검사가 퇴임 후 선거직에 나서는 드문 경우 이외에, 행정부의 고위직으로 진출하는 예나 그런 발상 자체가 없다는 점도 참고할 필요가 있을 것이다.

둘째, 보다 실질적인 문제는 법조인들이 대체로 문제에 대한 분석력과 합리성은 뛰어나지만, 장기적이고 종합적인 안목이나 추진력은 취약한 경우가 많다는 점이다. 한 언론인이 법조인의 그런 행태를 '상상력과 비전의 부족'이라고 표현한 바도 있지만, 이것은 법조인 모두가 원래 그런 자질을 갖추지 못했다는 뜻이 아니고 재판이나 수사 등 업무 자체가 합리적 분석과 판단을 위주로 하고 있어, 정책 협의나 조정

혹은 국면을 타개하고 이끌어 나가는 경험과 훈련의 기회가 상대적으로 적었다는 뜻이라고 해석해 볼 수가 있을 것이다.

또 과거 유신헌법이나 긴급조치가 유효하던 시절 일부 검사나 법관들이 보였던 모습과 관련하여 법조인은 대체로 역사의식이 빈약하다는 비판도 없지 않아 온 터이다. 그리고 무엇보다도 나라의 현 상황이 민생경제를 진작시키고 국가를 불신하는 시민사회에 신뢰 회복의 답을 줄 필요가 있는데, 법조인들은 대체로 소극적·방어적 업무에 익숙하고 문제를 미시적·분석적으로 접근하는 편이므로 지금의 사회적 상황에서는 지나치게 국가주의적인 사고에 경도傾倒된 편의적 인사가 될 수밖에 없다는 일종의 한계론적 비판도 가능하게 된다.

물론 법조인 출신이라고 하더라도 선거를 거쳐 새로운 공직에 취임하거나, 퇴임 후 변호사나 교수 또는 다른 봉사직에 종사하던 분을 행정부의 정무직에 임명하는 사례까지 반대할 이유는 없다. 또 정무직이라고 하더라도 합의제 독립위원회로 운영되는 기구의 장으로 임명하는 경우에는 위에 말한 문제점이 훨씬 덜 부각된다고 할 수도 있을 것이다.

지금은 법률가가 나서서 정부를 지키기보다 사회적 적폐를 일소하고 나라의 통합과 발전을 일궈 나가야 할 시점이다. 물론 공권력에 대한 신뢰나 권위 회복과는 별개로, 힘이 곧 정의라는 잘못된 인식이 보편화 되어서는 안 된다. 정부 인사에도 앞을 내다보는 철학과 비전이 필요한 것으로 보인다.

동아일보, 2014.6.19.

사정기관이 바로 서야
나라의 격이 지켜진다

신뢰가 항상 문제이다. 지난달 28일 동아일보사가 일반 국민과 전문가들을 대상으로 가장 신뢰할 수 있는 집단을 선정한 결과 보도를 보면, 공무원에 대하여는 일반 국민의 2.6%와 전문가의 5%, 법조인에 대하여는 일반 국민의 1.9%와 전문가의 9%만이 이들을 신뢰한다고 응답하였다고 한다. 당연한 결과이겠지만 개혁이 시급한 대상으로서도 정치인이 압도적인 1위를 차지한 데 이어 공무원이 2위, 법조인은 4위에 속한다는 보도도 함께 있었다.

공무원과 법조인 중에서도 국가 기강과 사회질서 유지의 핵심적 역할을 하는 기구로는 무엇보다 헌법기관인 사법부와 감사원, 그리고 검찰과 국가정보원 및 경찰을 들 수가 있다. 알다시피 이들 기관은 법령이 정한 재판과 공직 감찰, 범죄 소추와 수사, 국가안보 관련 정보 등을 관장하므로 흔히 사정기관이라고도 불리며, 많은 국민은 이들을 아직도 권력기관으로 인식하고 있다고 볼 수가 있다.

그런데 대법원은 이른바 사법 관료주의적 경향과 함께 뇌물죄 등 형사사건의 양형 문제로 자주 국민의 불만을 사고 있고, 감사원은 최근 규제개혁 추진 공무원에 대한 감사면제조항 구상에 대하여 감사원의 직무감찰권이 제한될 우려가 있다는 이유로 반대 의견을 표명하였던 사례에서 드러난 바와 같이 기관 고유의 권능에 형식적으로 집착하는 성향을 보여 왔다.

또 검찰은 권력 지향적이라는 해묵은 비판 외에 최근 몇몇 간부의 도덕적 일탈행위로 인하여 국민의 신뢰가 유례없이 낮은 수준에 놓여 있다. 국가정보원 또한 지난 정부의 일부 전문성이 떨어지는 책임자로 인하여 국익에 부합하는 품질 높은 정보 수집·생산기관으로서의 국내외적 신뢰성에 흠이 난 상태에 있는 것으로 보이며, 경찰도 유병언 사건 등에서 드러난 바와 같이 검찰의 수사지휘권과 관련하여 때로는 미진하고 때로는 과도한 수사역량을 노출함으로써 국민의 온전한 신뢰를 받지 못하고 있는 실정이다.

따라서 세월호 사건으로 인하여 안전문제를 비롯한 정부행정 전반에 대한 국민의 믿음이 떨어지고 국가 기강이 흔들리고 있는 이때야말로 이들 사정기관의 바른 역할 찾기와 국태민안國泰民安을 위한 임무 수행이 과거 어느 때보다도 절실하다고 생각하지 않을 수가 없다.

먼저, 이들 사정기관은 헌법 정신의 바탕 위에서 국가의 국민에 대한 책임을 다하는 본래의 역할에 좀 더 진력할 필요가 있다고 믿는다. 예컨대 국가정보원의 원훈이 '자유와 진리를 향한 무명의 헌신'으로 알려져 있지만, 필자 개인의 소견으로는 국가 최고정보기관이 학술연구기관도 아닌 이상 '진리'보다는 '국익' 또는 국민을 위한 헌신이 더욱 긴요하다고 생각한다. 감사원도 공군이 제주행 수송기에 군의 사기 또는 복지 차원에서 가족들을 태워주는 오랜 관행을 지적하기보다, 해운업체에 대한 감독관청의 유착 요인과 그 폐습을 진작 감사, 시정하게 하였다면 국민으로부터 더 많은 박수를 받았을 것이라는 아쉬움이 느껴지기도 한다.

또한, 이들 기관은 법령에 따른 소임을 다할 뿐 서로 경쟁하는 듯한 모습을 국민 앞에 보여서는 결코 안 될 것이다. 검찰과 경찰 사이에 이른바 수사권 지휘 논쟁이 오래전부터 있어 온 것은 잘 알려진 사실이지만, 눈에 보이지 않는 업무상의 경쟁의식은 감사원과 검찰, 검찰과 국가정보원 사이에도 종전부터 있어 온 것으로 믿는다. 그러나 불필요한 경쟁은 장기적으로 볼 때 기관 고유의 기능을 저해하고 국민의 신망을 잃게 하는 첩경임을 기관의 책임자들은 언제나 유념하지 않으면 안 될 것이다.

그리고 더욱 중요한 것은 이들 사정기관의 책임자들이 시대와 역사의 흐름 속에서 항상 바른 역사의식을 가지고 시대정신을 고민하면서 기관을 이끌 책임을 지지 않으면 안 된다는 사실이다. 세월호 사건으로 정부의 권위뿐만 아니라 나라의 격 자체가 떨어졌다고 낙담하는 국민이 너무도 많다. 영화 '명량'이나 교황의 방한 열기에서 위로를 받고 그치기에는 현실이 실로 엄중, 각박하다. 권력을 가진 사정기관이라도 바로 서야 그나마 나라의 격이 지켜질 상황이다.

동아일보, 2014.8.26.

사법부에 대한
걱정도 늘고 있다

7월에 동아일보사에서 일반 국민과 전문가들을 대상으로 국가 대혁신에 대한 여론조사를 한 결과를 보면, 법조인은 개혁이 시급한 대상으로 정치인, 공무원, 언론인에 이어 12개 집단 가운데 네 번째로 꼽히고 있다. 또 실제로도 종전에는 언론의 비판적 보도가 주로 검찰 쪽에 치우쳐 있었는데, 근간에는 법원에 대한 비판적 기사도 드물지 않게 눈에 띄는 편이다.

물론 법원에 대하여는 비판이라고 하더라도 일부 법관이 법정에서 보인 고압적 자세나 특정 법원에서 선고한, 고액 벌금형을 갈음할 노역장 유치 기간이 일반인의 상식과 크게 어긋났던 사례 등에 대한 사회적 논란 정도에 불과하다고 할 수 있다.

그러나 필자의 소견으로는 해당 법관과 소속 법원의 약간의 노력으로 개선이 가능한, 그런 재판 운영상의 문제보다 한층 근원적으로 고민하고 개선을 모색해야 할 사법행정상의 현실과 과제를 더 주의 깊게 살펴야 한다.

그 첫 번째 현실과 과제는 사법의 정치화 우려와 관련된 것이다. 더 정확히 말하자면 '사법행정의 정치화 경향'에 대한 우려이다. 흔히 언론에서 말하는 사법의 정치화란 국회 등 정치권에서 풀어야 할 갈등 문제를 정치인들 스스로가 토론과 타협으로 해결하지 못하고 사법부의 판단에 맡김으로써 법원이 그리 달갑지 않은 사건의 재판을 떠맡게 된다는 뜻으로 해석될 수 있다. 그러나 필자는 그런 뜻에서보다 오히려 독립된 사법부가 법원조직법이나 형사소송법과 같은 사법 운영에 도움이 되는 법의 개정을 정부를 거치지 않고 국회에서 직접 의원입법 형식으로 해주도록 교섭·협의하는 등 사법행정의 지휘부가 입법부의 국회의원들과 바로 접촉하는 모습이 어느새 관행화되고 있는 것이 아닌가 하는 현실에 대한 우려를 더 무겁게 느낀다.

물론 수년 전 사법부의 노력으로 개정된 법원조직법에 따르면 대법원장은 법원의 업무와 관련된 법의 제정이나 개정이 필요하다고 인정하는 경우에 국회에 서면으로 그 의견을 제출할 수 있다(제9조 3항). 그러나 이 조항이 신설되기 이전까지, 또 지금도 독일 프랑스 일본 등 우리와 기본 법제가 비슷한 많은 나라에서는 그러한 법의 제정 및 개정이 모두 행정부의 법무부를 통하여 정부 내의 심의 등 필요한 절차를 거쳐 국회에 제출되고 있는 것으로 알고 있다.

의원입법이 정부를 통한 입법보다 부처 협의나 법제처 심사 등 절차를 직접 거칠 필요가 없어 일단은 간편하고 사법부 독립의 정신에도 맞을 것 같아 보이지만 이것은 사실 대단히 순진한 생각이다. 어떤 의원입법에 교섭과 노력이 필요 없겠는가. 지금도 몇몇 의원이 선거법 위반 등의 사건으로 재판이 계속되는 상황에서 사법부의 엘리트 법관들이 직접 국회의원을 만나 법원행정과 관련된 법의 제정 및 개정을 부탁하는 것이 과연 사법권의 독립에 실질적인 도움이 되겠는가. 따라서 법원조직법의 위 조항은 당연히 재판 운영 과정에서 드러난 법의 모순이나 미비 사항을 국회에 통보하여 입법 조치를 촉구하는 순수한 취지로 해석하고 운영하는 것이 옳다고 보아야 한다.

그 둘째의 현실과 과제는 사법행정의 독자성 고수에 따르는 업무 중복과 외형적인 형식성에 대한 우려이다. 북한 법령에 대한 연구나 지방 소재 일부 법원의 법에 대한 대국민 홍보활동이 그 예인데, 이런 업무는 법무부와 법제처에서도 이미 하고 있으므로 사법부는 문서나 협의를 통한 자료 교환 등을 활용해 행정부와 중복되는 부분은 피하면서 고유의 사법재판 업무에 전념하는 것이 바람직한 방향이라고 생각할 수 있다. 또 법원이 법원조직법 규정에 따라 운영 중인 대법관후보추천위원회나 양형위원회도 위원 10명과 13명 중 당연직 외부위원은 4명과 6명으로 각기 정하고 있고, 나머지 과반수는 법원 내부 인사가 아니면 법원의 재량으로 정할 수 있도록 되어 있다. 결국, 각계의 의견을 반영한다는 명분은 다분히 형식적이며, 사법부 스스로가 결정을 하는 것이다.

사법부가 세속적 권위에 얽매이지 않고 무실역행務實力行의 수범적 자세로 우리나라의 법률문화를 선도해 가야 할 책임은 아무리 강조해도 부족하지 않다고 믿는다.

동아일보, 2014.10.28.

개혁적 보수 성향 국민들이 하는
보통 걱정

보수니 진보니 하는 용어는 사용하기가 매우 조심스러운 표현이다. 흔히 학계에서 쓰는 어려운 개념규정은 일단 피하기로 하자. 우리 사회에서 보통 통용되는 방식에 따른다면 보수주의는 급격한 변화를 피하고 현 체제를 유지하려는 사상이나 태도를 지칭하고, 진보주의는 사회적 모순의 변혁을 꾀하는 전진적 사상을 총칭하며 평등이나 사회정의, 노동의 가치 등을 강조한다고 알려져 있다.

우리 국민의 의식 성향이 어느 쪽에 가까우냐에 관하여는 견해가 갈릴 수 있다. 그러나 지난해 동아일보와 재단법인 아산정책연구원이 전국의 성인 남녀 1,500명을 대상으로 실시한 '2013년 국민의식조사' 결과 보도를 보면, 스스로 '보수'라고 답한 사람이 32.7%, '진보'라고 답한 사람이 26.1%이고 나머지 41.2%는 '중도'라고 답하였다고 한다. 물론 이 비율은 그때그때의 사회적 상황이나 정치적 여건에 따라 변수가 매우 많다고 보아야 할 것이다.

/ 착한 교류가 그립다

70대의 연령에 속하며 공직자 출신인 필자의 주변에는 스스로 보수주의자라고 자처하는 사람이 많은 편이다. 그러나 그들과 스스럼없는 이야기를 나누다 보면 보수적 성격이 강한 현재의 정부에 대하여 의외로 자연스럽지만, 한편으로 매우 조심스럽기도 한 불만이랄까 비판이 조금씩 삐져나옴을 발견하게 된다. 몇 가지 예를 들어보자.

우선 지금의 정부행정이나 여당의 정치 행태가 너무 대통령의 심기를 살피는 듯한 모습으로 국민에게 비친다는 점이다. 신현돈 전 1군사령관의 해임 사유에 관한 초기 발표나 해병부대의 애기봉 철탑 철거 경위보고와 관련된, 앞뒤가 다소 맞지 않는 듯했던 보도 내용이 그 한 예일 것이다. 최근 방위산업 비리와 관련하여 검찰이 주도하는 합동수사단 수사와 감사원이 발표한 특별감사단의 감사가 자칫 중복될 우려가 있음에도 불구하고 비슷하게 시작되고 있는 것노 일부 그런 우려를 낳게 한다.

또 국민들의 보편적 정서에서 중요하다고 여기는 사항과 정부책임자가 중요하다고 보아 집행하는 결과 사이에 괴리가 있을 때 그 괴리의 존부와 보완책에 관하여 정부 내에서 충분한 의견수렴 과정을 거쳤는지에도 회의적인 시각이 제법 있는 것으로 보인다. 물론 대통령제 하의 정부에서 인사권을 포함한 중요 정책의 집행이 대통령의 고유 권한임은 더 말할 필요가 없다. 그래서 다소 파격적 인사의 대한적십자사 총재 선임과 같은 결과도 국민들로서는 받아들일 수밖에 없다고 치자. 그러나 나라에 어떤 일이 터지고, 며칠 후 대통령께서 국정교과서에 나오는 것과 비슷한 말씀을 하고, 그런 다음 정부가 그 말씀의 의의를 되새기며 홍보에 나서는 듯한 모습이 반복된다면 어떤 친

정부적 보수주의자도 약간은 고개를 갸웃하지 않을 수 없을 것이다. '이것이 과연 최선일 수밖에 없는 것일까'라고 혼자 중얼거리면서.

다소 개혁적 성향을 가진 보수주의자는 일부 회귀적回歸的 경향을 보이는 정부 운영과 국가주의적 통치에 대하여도 응분의 경계가 필요하다는 생각을 하고 있다고 보아야 한다. 인터넷의 광범한 이용과 서구적 생활방식의 보편화로 지금은 인간과 사회를 국가보다 우선시해야 한다고 믿는 국민이 1970년대나 80년대에 비하여 훨씬 많아진 것이 현실이므로, 이제는 정부행정도 그러한 국민을 단순히 통제하려 하기보다 끈기 있게 설득하고 호소하여 사회와 국가 발전에 모두 도움이 되는 방향으로 이끌어가야 할 책임이 있다.

작은 예지만 부산영화제에서 논란의 여지가 있는 다큐멘터리의 상영을 취소하려다가 실패하였으나 오히려 한국 정부의 유연성이랄까 자유로움을 보여주는 부수적 소득이 있었음도 기억할 필요가 있을 것이다. 청와대가 국가안보실을 구성함에 있어서 군과 외교관을 주로 하고 남북회담 전문가나 경험자를 포함시키지 않았다는 사실에 대하여도 부처 간 혼선을 우려하는 시각이 있었다. 개혁적 보수 성향을 가진 국민들의 소박한 걱정. 지금은 단순한 우려의 수준이지만 그것이 만약 포기나 절망으로 바뀐다면 우리 사회에는 과연 어떤 변화가 올까, 지금부터 또 그것이 걱정이다.

동아일보, 2014.11.29.

나라의 격이
떨어지고 있다

해마다 12월 초가 되면 국제투명성기구(TI)가 각국의 부패인식지수(CPI)를 발표하고 있는데 금년에는 국내 언론에서도 특별한 주목을 받지 못한 듯했다. 우리나라는 작년과 같은 수준인 100점 만점에 55점으로 175개국 가운데 43위였다. 그럴 수도 있으려니 하겠지만, 그 점수나 순위가 아시아의 대만(61점·35위), 아프리카의 보츠와나(63점·31위), 남미의 칠레(73점·21위)보다도 한참 하위라는 사실을 확인하고 나면 일종의 허탈감을 느끼지 않을 수가 없다.

세계경제포럼(WEF)이 금년에 발표한 국가경쟁력에서도 이미 한국은 10년 만에 가장 낮은 수준이라는 144개국 중 26위로 떨어졌고, 스위스 국제경영개발원(IMD)의 발표에서도 역시 26위로 나타난 바가 있다.

국내의 한반도선진화재단이 지난해 40개국을 대상으로 국가선진화지수를 측정한 결과에 따르더라도 우리나라는 28위에 해당하며, 특히 분배와 삶의 질, 법질서 분야에서 다른 선진국과의 격차가 두드러지고 있다. 같은 해 경제협력개발기구(OECD)가 34개 회원국과 러시아, 브라질을 포함한 36개국을 대상으로 조사한 삶의 질 평가에서는 한국이 27위로 나타났으며, 특히 공동체 의식과 가처분 소득 및 삶에 대한 만족도가 낮은 것으로 드러난 바가 있다.

사정이 이와 같다면 정부는 기획재정부든 국민권익위원회든 당연히 소관 업무별로 그 원인과 정부 차원의 대책을 검토하고, 필요하다면 국무총리실이나 대통령비서실에도 보고해 관계 기관이 경쟁력을 높일 방안을 협의한 후 국민에게도 발표하여 이해와 협조를 구하는 것이 순리일 것이다. 또 그것이 행정의 본래 모습이고, 과거 정부에서도 결과야 어떻든 대체로 그런 방식으로 대응해 왔다고 볼 수가 있다. 그러나 4월의 세월호 사고 이후 우리 정부는 이런 일련의 문제들에 대하여 과연 어떻게 대처하였는가.

이 문제는 이른바 '찌라시 사건'이나 '땅콩 회항 사건' 등의 속보가 도하 신문과 방송을 가득 채울 동안 대다수 국민이 어떤 생각을 주로 하였을까 하는 문제와도 연관이 된다고 본다. 여러 의견이 있을 수 있겠지만, 필자가 주변 사람들로부터 보고 들은 가장 많은 반응은 결국 '우리 대한민국의 수준이 과연 이것밖에 되지 않느냐'라고 하는, 자조自嘲적인 불만이 섞인 시각과 생각이었다.

민정이나 공직 기강 업무를 보좌하는 공무원들의 판단이나 업무 행태도 그러하지만, 기업 오너 가족들의 빗나간 특권 의식도 국민의 자존심에 큰 상처를 주었다고 볼 수 있다. 대통령 비서관들이 문건 내용을 처음 보도한 신문사를 상대로 고소를 제기한 일이나, 검찰이 문건 유출 경위를 열심히 수사하고 있는 사실도 국민의 눈에는 그리

/ 착한 교류가 그립다

자연스럽게 보이지 않고 있다.

검찰은 법치주의의 감시자이자 공익의 대표자이므로 현실의 신뢰도가 어떠하든 국민을 위하여 명분이 뚜렷한 수사 또는 공소 제기 임무를 스스로의 판단에 따라 수행하지 않으면 안 될 것이다. 박근혜 대통령도 금년 1월에 모든 공직자는 국민의 마음을 헤아리는 자세를 가져야 하며, 국민에게 상처 주는 말을 하는 공직자가 없기를 바란다는 취지의 말을 이미 한 바가 있다.

그렇다면 지금의 상황은 결국 국정 운영의 현실이 민심의 동향과 상당한 괴리가 있다는 말로 돌아갈 수밖에 없다. 그 괴리는 과연 누가 어떤 방법으로 줄이려고 노력해야 하는가.

반부패 문제만 하더라도 대통령이 국무회의에서 부패 척결이 정부가 최우선으로 추진 중인 국가 혁신과 경제 혁신의 기본적 토대라고 상조하고, 국무총리실에는 이미 부패척결추진단까지 두고 있지만, 그 성과는 아직 더 두고 보아야 할 상황이다. 국가경쟁력 평가 시 항상 한국의 약점으로 지적되는 기업 경영윤리나 회계감사의 적절성 및 노동시장의 효율성 문제는 해당 부처에서 과연 어떤 개선 노력을 하고 있는지 국민이 잘 모르고 있는 현실이기도 하다. 정말 세계는 넓고 할 일도 많다. 정무적 판단이니 소통 부족이니 하며 마냥 중얼거릴 때만도 아니다. 이제는 관료들이라도 한 사람 한 사람이 더 자긍심을 걸고 분발해야 할 상황인 듯하다.

동아일보, 2014.12.30.

의리, 기개氣概와
민주정신

　대구사람들을 말할 때, 흔히 겉으로 잘 드러내지는 않지만 의리 깊고 인정이 많다고 한다.속된 말로 '택도 아닌' 분의 '폼 잡는' 모습은 싫어하지만, 실력이 있으면서도 지조志操와 품위를 갖춘 사람은 나름대로 대우를 하는 것이 이 지역의 정신풍토이기도 하다.

　올해는 광복 후 70년, 그리고 2·28과 4·19 학생의거가 있었던 해로부터 55년이 되는 해이다. 1907년 일제의 보호통치하에 시작되었던 국채보상운동이나, 1960년 자유당 독재정권을 무너뜨린 학생혁명의 실마리가 되었던 2·28 시위가 모두 대구에서 비롯된 것을 보면, 대구시민은 자존적 기개와 민주의식도 매우 강하다고 볼 수가 있다.

　공직생활을 하면서 검사와 검사장으로 두 차례 대구에서 근무한 경험이 있는 필자 또한 자신의 성장지이기도 한 이곳 지역민의 심성과 정서에 대한 그러한 애정과 자부심의 바탕이 있었기에 공인으로서의 긴장된 몸가짐과 선비다운 담백淡白함이 나름대로 가능하였다고 지금도 믿고 있는 편이다.

그런데 이제 시대가 바뀌고 사람들의 의식도 많이 변하였다. 의리나 인정보다 합리성과 '경우 바름'이, 자존적 기개보다 공동체의 이익과 질서를 감안한 올바른 상황인식이, 단순한 민주성보다는 이익의 균형과 공존을 전제한 합리적 민주의식이 더 필요한 상황이 되고 있다고 볼 수 있다.

의리와 인정이 세상을 살맛나게 하는 미덕인 경우가 많지만 예컨대 2, 30년 전의 고교 동창생이 직무상 감독과 피감독관계에 있는 기관이나 부서에 각기 근무하게 되었다면, 다른 공직자들이 보는 가운데 '어이, 아무개야'라는 식으로 함부로 말을 하거나 청탁을 하는 것까지 의리나 인정의 명분으로 자유롭다고 말할 수는 결코 없을 것이다. 단순, 소박함을 아름답게 못 볼 바가 없지만, 공적 영역에서라면 분명 비합리적이거나 눈치 없고 경우 바르지도 못하다는 비난을 받기가 십상일 것이기 때문이다.

씩씩한 기상과 꿋꿋한 절개로 풀이될 수 있는 기개도 확실히 대구 사람들의 한 특징으로 꼽을 수가 있다. 국채보상운동을 시작한 정신도 그러하거니와 6·25 사변 당시 조병옥 내무부장관의 담화발표 이후 피난을 자제하고 대구를 끝까지 지켰던 각오와 의지, 그리고 박정희 대통령의 리더십 아래 세계적 자부심의 원천이 되었던 새마을운동의 바탕 역시 그러한 정신자세와 무관하다고 볼 수가 없을 것이다. 그러나 그러한 기개 또한 관점에 따라서는 고루하고 독선적이며 시대착오적인 보수적 폐쇄성으로 비춰질 가능성이 언제든지 있다고 보아야 한다.

대구의 민주정신에는 양면성이 있다고 생각해 볼 수 있다. 5·16 군

사혁명 이전의 자유당과 민주당 정부 하에서는 부패와 독재에 대한 저항성을 띤 민주의식이 두드러져 한때 야당도시라는 시각이 강하였고, 서상일 의원과 같은 진보적 인사도 배출한 바가 있다. 그러나 박정희 대통령이 이끄는 민주공화당의 등장 이후에는 줄곧 보수적 여당 지지성향을 지켜 왔고, 김대중, 노무현 정부 하에서도 자유민주주의와 시장경제 체제를 옹호하는 보수적 민주의식이 시민의 주된 정조情調를 이루었다고 볼 수가 있을 것이다.

물론 지금의 박근혜 대통령에 대한 대구사람들의 시각이나 의식에는 보수와 진보라고 하는 이념적 스펙트럼을 넘어서는 심정적 요인도 분명 있다고 보아야 한다. 인사나 소통의 측면에서 적지 않은 비판을 받고 있지만, 이미 20대에 어머니와 아버지를 잃고서도 꿋꿋이 자신의 자리에서 기품을 지키면서 국가 지도자로서의 역할에 충실하고자 노력해 온 모습을 보면서 많은 사람들이 유교적 도리나 인간적 동조감에서 마치 고향의 가족을 대하듯 하는 마음의 성원을 해 왔다고 볼 여지도 있다. 따라서 대구사람들의 의리, 인정이나 기개가 때로는 그 민주의식 또는 정신과 모순되거나 충돌하는 경우도 전혀 없다고 볼 수는 없을 것이다.

그러므로 이제 대구의 의리, 기개와 민주정신은 새로운 과제를 앞에 두고 있다고 생각할 수 있다. 의리와 인정은 더 이상 촌스럽지 않고 깔끔하면서도 자연스러운 모습으로 시민의 의식 속에 자리 잡아야 할 것이고, 그 기개 또한 공동체의 이익과 질서를 존중하는 바탕 위에서 합리적이고 설득력 있는 방식으로 발휘되지 않으면 안 된다. 대구가 자랑하는 민주정신도 영남 사림士林의 전통을 이어받아 당당하게 열린 선비정신이 뒷받침되어야만 할 것이며, 박제화剝製化된 국가주의를 넘어 포용과 대화로 정부의 인사와 소통에 따른 우려를 불식할 수 있는 한 차원 높은 모습으로 발현되지 않으면 안 될 것으로 믿는다.

2·28 햇불, 2014 겨울.

새로운 차원의
인권 보호에 눈을 돌려야

프랑스 혁명 이후 발표된 '인간과 시민의 권리선언'이 헌법에 수용되고, 1948년에 국제연합(UN)의 세계인권선언이 채택된 이후 세계 대부분 문명국가의 헌법은 이른바 인권조항을 두고 있다. 그리고 다수의 헌법학자들은 인권보장의 현대적 추세로, 인권문제에 대한 국제적 관심의 증가와 기본권의 직접적 효력에 대한 인식 증대, 정보통신기술과 생명공학의 발달로 인한 인권 보호 영역의 확장 등을 지적하고 있다.

보도된 바에 따르면, 우리나라는 통계청이 경제협력개발기구(OECD) 기준으로 따져 본 중산층의 비율이 65%(2013년 기준)에 이르는 반면 삶에 대한 만족도는 OECD 국가 평균인 6.6보다도 낮은 6.0(26위) 수준인 것으로 알려지고 있다.

여기서 우리의 인권문제도 이제 사회의 소외계층이나 여성과 근로자 또는 장애인 보호와 같은 과거의 고식적인 칸막이에서 한 걸음 더 나아가 보통의 대한민국 국민 또는 국민의 다수를 차지하는 평범한 중산층에 속하는 시민들의 권리를 보다 내실 있게 보장하는, 한 차원 높은 단계로 발전시켜 가야 할 것이 아닌가 하는 과제에 부딪히게 된다.

알다시피 우리 국민의 사회신뢰 수준은 매우 낮아 한국보건사회연구원이 지난해와 금년 3월에 공개한 자료에 따르면, 국민 3,648명을 대상으로 조사한 결과 이들의 사회신뢰 수준은 10점 만점에 4.59점에 불과하고, 특히 입법부는 그 신뢰도가 17.1%, 검찰과 경찰은 32.4%, 행정부는 33.2%밖에 되지 않는 것으로 나타나고 있다.

따라서 이제는 적극적이고 유형적인 인권침해행위가 없더라도 입법이나 행정 또는 일부 사법작용이 합법적인 외형을 갖추면서 소극적인 방법과 형태로 헌법이 명시하고 있는 '인간으로서의 존엄과 가치'를 침해하는 행위도 마땅히 적극적인 인권침해 행위에 준하여 이를 규제해야 할 필요성이 있다고 보지 않으면 안 될 것이다. 결국, 정부의 행정작용은 물론 입법, 사법행위도 그 결정 과정이 투명하지 못하거나 능률성과 공익성을 제대로 갖추지 못하였다면 이를 평균적인 국민 모두에 대한 소극적 인권침해로 보아 비판하고 시정해가지 않으면 안 된다고 생각할 수가 있다. 작년에 있었던 세월호의 비극적 사건에서, 사건의 원인을 제공한 해운감독기관이나 구조임무를 적기에 수행하지 못한 해양경찰의 행태가 좋은 예가 될 수 있을 것으로 본다.

인권 보호를 해야 할 대상이 사회의 변화에 따라 꾸준히 확대되고 있다는 사실에도 주목할 필요가 있다. 고령 인구의 증가에 따른 노약자, 경제사정과 경기침체에 따른 미취업자, 귀화 외국인과 점증하고 있는 외국인 불법체류자, 탈북 국민, 성적 소수자 등의 문제도 우리나라가 선진 문명국가로 가자면 반드시 이들에 대한 부당한 차별을 없애고 실질적인 인권 보호를 이루어 나가야 할 대상이기 때문이다.

인권 보호를 위한 정부나 민간단체의 활동 모습에도 변화가 필요하다고 볼 수 있다. 국민의식과 사회 환경의 변화에 발맞추어 서구적 모습이나 방식이 아닌, 한국적 실정에 맞고 보통 국민, 중산층의 평균적 시민으로부터 신뢰와 공감을 이끌어낼 수 있는 방식으로 다가가야만 대다수 국민이 승복하는 실질적 인권 보호가 이루어질 수 있을 것이다.

결국, 우리 사회에서의 인권 보호는 형식적이기보다는 실질적이 되어야만 하고, 고정관념에 사로잡히기보다 변화하는 세태를 감안한 유연한 사고가 뒷받침될 필요가 있으며, 국제적 경향이나 추세 이외에 교육과 예의, 충효 사상과 조상숭배의 전통 등 한국적 정신풍토를 감안한 토대 위에서 논의하거나 반영되어야만 더 큰 국민적 설득력을 가질 수 있을 것으로 보게 된다. 나라의 선진화를 위해서는 공직 종사자와 국민들의 인권의식도 선진화할 필요가 절실하다.

국제인권보, 2015.5.15.

법관의 정부 고위직 취임과
인권 보호

법관 출신의 정부 고위직 임명이 전보다 많아졌다. 지난 정부에 이어 국민권익위원장에 법원장으로 계시던 분이 임명되고 감사원장, 방송통신위원회 위원장도 사법부의 법원장으로 재임하던 분을 임명하였으며, 지난 8월에는 새 국가인권위원회 위원장에도 그전까지 서울중앙지방법원장으로 재직하던 분이 청문회 등 법이 정한 절차를 거쳐 취임하였다.

사법부에는 대체로 좋은 대학을 나오고 경쟁이 치열한 국가시험에 합격한 후 엄격한 재판 실무과정을 거친 우리 사회의 엘리트들이 모여 있다고 볼 수 있으므로 이분들이 행정부, 특히 직무의 공정성이나 인권옹호와 관련이 많은 조직의 책임을 맡는다는 것은 확실히 대다수 국민들에게 큰 기대감을 줄 수 있다.

뿐만 아니라 법치주의와 정착·확산이 우리 사회의 숙제라고 부를 수 있을 정도로 해묵은 과제 중 하나라고 본다면, 반평생을 재판업무

197

에만 종사해온 법관들이 행정의 영역에 진출한다는 것은 국민의 그 분야 행정에 대한 신뢰감을 높이는 첩경이 될 수도 있을 것이다. 또 사법행정의 관점에서 보더라도 능력 있는 법원장급 법관 모두를 14명으로 한정된 대법관으로 임명할 수 없는 현실에서, 이것은 고위법관의 인사문제를 해결할 수 있는 하나의 명예로운 방법이 될 수가 있다고 볼 여지도 없지가 않다.

그러나 사법권의 독립이라는 헌법적 가치의 측면에서 보면 분명히 우려되는 점도 있다. 위에 든 경우는 모두 이미 사법부를 떠나 변호사나 대학의 교수 등 다른 직역에 종사하던 분을 발탁한 경우가 아니고, 현직의 법원장으로 재직하는 분들이 행정부 또는 행정권과 밀접한 연관성이 있는 위원회의 장으로 임명하는 것을 전제로 법관직을 사임한 경우라고 생각되기 때문이다. 이런 경우에는 두 가지 문제점이 있다고 본다.

첫째는 법관들의 행정 지향성 문제가 제기된다. 현재도 선거법 위반사건을 비롯하여 공직부패와 관련되는 크고 작은 사건이 사법부의 재판 대상이 되고 있는 상황에서, 엄격히 중립 정신은 온전히 지켜질 수가 없게 된다.

둘째로 재판업무가 분쟁이나 범죄에 대한 판단을 주로 하는 소극적 업무임에 반하여 행정업무는 국민을 위한 정책추진과 조장助長을 주로 하는 적극적 업무이므로, 우수한 법관이 곧 우수한 행정가라는 등식이 반드시 성립하는 것은 아니라는 점도 일단은 냉철히 생각할 필요가 있을 것이다. 정의를 선언하는 것은 합리적 판단만으로도 가능하지만, 국민 다수의 이익을 위하여 정의를 세우고 이끌어가는 일은 그 이상의 적극성과 리더십이 필요하기 때문이다.

정부시책에는 어느 것이나 얻는 것과 잃는 것이 동시에 있을 수 있다. 위에 본 고위법관의 정부 고위직 임명조차도 그런 의미에서 작은 것을 잃고 큰 것을 얻는 경우에 해당될지, 반대로 큰 것을 잃고 작은 것을 얻는 경우일지를 심사숙고할 필요가 있을 것이다.

그러지 않아도 법조계 주변에서는 장차 대법관 후보도 될 만한 법원행정처의 엘리트 법관들이 법원조직법이나 행사소송법 등 사법부와 관련된 법을 의원입법의 형식으로 개정하기 위하여 국회의원들과 직접 접촉하는 현상에 대하여 헌법 정신의 훼손을 우려하는 목소리가 작지 않은 터다. 최근에는 한명숙 전 국무총리에 대한 상고심 재판이 유례없이 늦어진 사실에 대하여서도 대법원이 상고법원 설치를 위한 법률안 개정안에 대한 야당 측의 반대를 우려하였기 때문이라는 오해가 있지 않았는가.

사법부에는 확실히 우수한 인재들이 많다. 대법관을 지낸 김황식 전 국무총리의 경우처럼 행정부에 가서도 국민들로부터 훌륭한 평가를 받은 사례도 물론 있다.

그러나 우리가 자유민주적 기본질서나 사법권의 독립과 같은 헌법적 가치를 지키는 선진 문명국가의 대열에서 멀어지지 않기 위하여서는, 일시적인 행정의 편의보다 세계를 바라보는 보다 큰 안목과 역사의식의 기반 위에서 국가인사정책을 운영할 필요가 한층 절실하다고 보아야만 하지 않을까?

국제인권보, 2015.11.15.